le 29.9.15.
Ne sait aucun
ce livre. Qu
Bisous

Camille Anseaume

Camille Anseaume est journaliste. Elle tient également le blog « Café de filles », élu blog coup de cœur de la rédaction de *ELLE*. Elle signe avec *Un tout petit rien* son premier roman.

Retrouvez l'auteur sur son blog :
www.cafedefilles.com

UN TOUT PETIT RIEN

CAMILLE ANSEAUME

UN TOUT PETIT RIEN

KERO

MIXTE
Papier issu de sources responsables
FSC® C003309
FSC www.fsc.org

Pocket, une marque d'Univers Poche,
est un éditeur qui s'engage pour la préservation
de son environnement et qui utilise du papier fabriqué
à partir de bois provenant de forêts gérées
de manière responsable.

ISBN : 978-2-266-25083-2

À Ninon.

Les mères adorent raconter en détail le moment où elles ont découvert qu'elles allaient l'être.

En général, ça se passe aux toilettes. La femme tente de viser le bâtonnet. L'homme attend à la porte, impatient et anxieux. De peur d'être déçue du résultat, elle lui tend l'objet sacré et humide, dont il s'empare à pleine main. On en déduit déjà qu'il est très amoureux.

Les quelques secondes qui suivent sont les plus longues de leurs deux vies réunies. Puis, d'une voix tremblante, il annonce le verdict.

Pour moi, ça s'est passé presque pareil.

Et quand il a mis fin au silence, c'était pour dire : « On le garde pas. »

Les deux barres sont là. On dirait qu'elles forcent leur couleur pour bien montrer qu'on ne rêve pas. Elles ressemblent à des guillemets, hésitent entre nous sourire ou nous narguer, droites comme des « ii », raides comme nos nuques. On les regarde en silence, ventres noués, en attendant un miracle, que l'une d'elles s'en aille ou se torde, que la couleur change, pour fausser le résultat. Mais la couleur s'intensifie et finalement c'est lui qui prend son manteau et moi qui me tords, le dos courbé, les mains sur la tête, le front sur la moquette.

— Arrête, je préfère le garder.
— Pardon ?
— Le test. Le jette pas, je préfère le garder.
— Ah bon… J'ai eu peur, je croyais que tu parlais du bébé.
— Peut-être qu'il est trisomique.
— Quoi ? Le test ?
— Non. Le bébé.
— Pourquoi veux-tu qu'il soit trisomique ?
— Je veux pas, j'espère.
— Qu'est-ce que tu racontes ?
— Un bébé trisomique on ne pourra pas le garder.
— Attends, tu délires là. Un bébé prix Nobel à quatre ans on ne pourra pas non plus le garder.
— Et si c'est à deux ans ?
Il n'était pas d'humeur à rire, alors il est parti.

J'ai entendu la porte claquer, et ses pas s'éloigner sur le palier. Puis le grincement familier des premières marches de l'escalier. Les mêmes que j'entendais quand on avait rendez-vous. C'était un grincement qui chantait, le signal qu'il allait bientôt frapper à ma porte et qu'il me restait quatre secondes pour avoir l'air occupée à autre chose, absorbée par une activité quelconque, tout sauf l'attendre, faire la vaisselle, tiens par exemple. Je laissais passer encore quelques secondes avant d'aller lui ouvrir, gants aux mains et regard faussement absent : « Ah, te voilà déjà ? J'ai pas vu l'heure passer, vas-y installe-toi, j'ai un truc à finir. »

Ce jour-là le grincement n'a pas chanté, je crois même qu'il pleurait. Alors j'ai voulu faire comme lui et je me suis assise par terre. Il n'y a rien qui est sorti, pas une larme pas un bruit, juste l'impression de suffoquer. Et cette sensation qui n'allait pas me quitter, celle de n'avoir jamais été aussi vide alors même que je n'avais jamais été aussi pleine.

J'étais pleine d'un vide au milieu duquel nageait l'infiniment petit.

Je me réveille avec un goût de sable dans la bouche. Le test est toujours là, posé sur la table, il a l'air déçu et se fait tout petit, il pensait pourtant que son destin c'était de rendre les gens heureux. Les deux barres ont perdu de leur enthousiasme et sont à présent légèrement rosées, comme timides ou honteuses.

On n'a ni projets ni même le projet d'en avoir. Le plus gros engagement qu'on ait pris ensemble, c'était de se dire qu'on s'appellerait en fin de semaine. C'était quand même un mardi. On s'aime surtout à l'horizontale, et dans le noir, c'est le seul moment où on n'a plus peur de se faire peur, où on ose mélanger nos souffles sans redouter que l'autre se dise que ça va peut-être un peu vite. On ne s'est jamais servis du « nous », et quand dans une conversation on est obligés d'utiliser le terme « relation » ou « couple » nous concernant, on dessine avec nos doigts de gros guillemets en l'air pour montrer que c'est un grand mot pour une si petite chose.

C'est beaucoup plus que sexuel, c'est beaucoup moins qu'amoureux. C'est nos culs entre deux chaises, c'est suffisant pour faire semblant de faire des bébés, pas pour en avoir.

Puisqu'il n'a eu qu'à quitter la pièce je voudrais n'avoir qu'à quitter mon corps.

Si ça ne tenait qu'à une porte, moi aussi je l'aurais claquée.

Ça faisait quelques jours que je passais la moitié de mon temps à me toucher les seins, et l'autre à les admirer dans la glace. Ils étaient plus gros que jamais, la preuve, ils étaient presque dans la moyenne nationale. J'ai cru que j'avais grossi, mais mes vêtements me prouvaient le contraire. Alors j'accueillais ces changements morphologiques avec bonheur et virées dans des boutiques de lingerie en me disant que la vie était bien faite. Il faut croire que ma tête l'était un peu moins.

Et puis je n'avais pas vraiment de quoi m'inquiéter. Un seul accident de capote, et j'avais pris la pilule du lendemain. Prise dans les vingt-quatre heures, elle n'est efficace qu'à 95 %, mais les 5 % qui restent, ça n'arrive qu'aux autres, à ceux qui décrochent le jackpot ou une maladie orpheline.

C'est le jour où je n'ai pas réussi à boire une bière que je me suis posé des questions. C'était assez rare pour être inquiétant. La probabilité que ça m'arrive un jour était même d'environ 5 %.

Nous avions fait l'amour entre 1 heure et 3 heures du matin (nous étions très contents de nous retrouver). Le lendemain matin, après un rapide calcul, je lui ai dit qu'il me semblait que le préservatif n'avait pas bien choisi son jour pour nous lâcher, et qu'il aurait mieux fait de s'entretenir au préalable avec mon cycle menstruel.

Je lui ai demandé de m'accompagner pour aller acheter la pilule du lendemain, afin qu'il la demande lui-même. Je déteste acheter du PQ au supermarché, alors plutôt mourir que d'avouer à une pharmacienne que j'ai eu un rapport sexuel, récemment qui plus est.

Vers midi, on est arrivés devant. Il y avait du monde, beaucoup, il était pressé, moi aussi, on s'est dit que j'y retournerais plus tard, on ne savait pas qu'à ce moment-là on était en train de jouer la scène du film où tout bascule.

Longtemps après, je me dirais souvent : « Et s'il avait été 11 heures ou 14 », « Et si Monique, Brigitte et les autres n'avaient pas profité de leur pause déjeuner pour aller acheter leur crème pour hémorroïdes ou leur savon sans savon », « Et si on n'avait pas été pressés ce jour-là », « Et si », « Et si », « Et si ».

En fin d'après-midi j'y suis retournée, seule cette fois. J'en ai profité pour acheter du shampoing, du savon, des cotons et une brosse à dents, histoire de prouver au pharmacien que si parfois je fais l'amour j'ai néanmoins une hygiène irréprochable.

Je suis rentrée et j'ai avalé la pilule.

Il était 19 heures, ça faisait précisément entre seize et dix-huit heures qu'un spermatozoïde s'était aventuré dans une trompe qui était censée, selon la notice, devenir à ce moment « inhospitalière ».

Ce n'était pas un spermatozoïde très à cheval sur le confort.

Je dois faire une prise de sang pour confirmer la grossesse. Le labo est rempli de femmes aux seins lourds et d'autres aux yeux brillants : elles attendent de savoir si elles sont bien enceintes, ou si tout va toujours pour le mieux dans le meilleur des utérus. Ça dégouline de bonheur, d'angoisse et d'espoir. Il règne une ambiance d'euphorie contrariée, puisqu'il faut bien se tenir malgré tout. Toutes sont solidaires, s'encouragent du regard, se tiennent la porte et cèdent leur place à la plus grosse. Elles forcent la cambrure de leur dos, comme pour s'adresser des clins de nombril complices. À l'appel de leur nom, elles se lèvent pour aller chercher leurs résultats, tendus dans une enveloppe mystère. À peine sorties, elles l'ouvrent, les mains tremblantes et fiévreuses. Dans les salles d'attente des labos, les sympathies se créent vite, et il n'est pas rare de voir une femme demander à une autre, d'un ton curieux et poli : « Alors, tout va bien ? » Je rêve de pouvoir répondre avec un grand sourire : « Oui, parfait, merci, c'est une grossesse extra-utérine. Et vous ? »

J'imagine voir passer le malaise dans les yeux brillants de la future mère parfaite, puis la regarder s'éloigner, de dos, ses fesses encore fermes secouées par des sursauts d'indignation.

À côté de moi, un couple. Elle a des yeux cernés dans lesquels on devine des nuits d'insomnie. Sa posture à lui se veut rassurante. Il a mis son blouson noir, celui qui sent l'odeur réconfortante du cuir, et sa main sur celle de sa femme. Elle est assise, dos contre le mur, il se penche en avant, sur le côté, un peu vers elle, un peu vers ce qui les attend.

J'entends que c'est une FIV, et que c'est leur dernière chance. Ils sont appelés et se lèvent d'un seul mouvement, marchent doucement, conscients que les trois pas qui les séparent de l'enveloppe sont les derniers d'une page de leur vie. Ils prennent l'enveloppe, la tiennent à deux en se dirigeant vers la sortie, comme on tient chacun un enfant par une main.

Puis c'est mon tour.
Je suis bien enceinte.
De huit semaines environ.

Je sors du labo. Dehors il y a un grand blouson noir et dedans la tête d'une femme qui pleure. Il ferme ses bras sur elle, la recouvre de ses pans de cuir comme pour la protéger de tout, lui caresse les cheveux en lui disant qu'ils y arriveront, qu'ils trouveront une solution.

J'ai envie, dans l'ordre : de vomir, de hurler, d'échanger les enveloppes, de dormir pendant mille ans.

En montant les escaliers, un message de lui : « Alors ? » C'est à la fois trop bête et trop tentant, alors l'espace de quelques instants je m'autorise à faire mentir ce « Alors ? ».

Je le travestis, je le déguise, je lui donne le ton de la bienveillance, je lui prête une intention louable et affectueuse, attentive et pleine d'espoir, celle d'un père inquiet qui s'enquiert de savoir si tout va bien. Au fur et à mesure que je m'enfonce dans cette pensée cotonneuse, le « Alors ? » change d'allure, il devient rond et doux et chaud, et j'y crois tellement que je sens poindre quelque chose de nouveau, la sensation d'abriter un trésor, la fierté de contenir une ébauche de vie, l'impression réconfortante d'être objet d'inquiétude, son objet d'inquiétude.

Quand j'atterris, le « Alors ? » change d'humeur, il reprend ses traits d'avant, préoccupé mais pas pour les mêmes raisons, inquiet seulement de savoir s'il pourra dormir sur ses deux oreilles.

Alors ? Alors tout va bien donc tout va mal, puisque tout irait bien si rien n'allait bien, si la grossesse était nerveuse ou le test défaillant, si l'embryon était anormal ou déjà mort, si le placenta était en panne ou les ovaires hors service, et si l'épisode d'hier n'était qu'un mauvais rêve.

Bientôt il ne sera plus le seul à savoir, je dois en parler à Lola. Elle sait tout de moi, tant qu'elle n'est pas au courant, c'est comme si je ne l'étais pas vraiment. En composant son numéro, je réalise que dans quelques secondes, je dirai pour la première fois de ma vie : « Je suis enceinte. »

Trois petits mots que je n'ai jamais prononcés, même petite en jouant à la poupée. Par superstition peut-être. Mais surtout pour garder intacte la joie de les assembler.

J'ai de la peine pour la petite fille que j'étais, qui croyait que ce serait merveilleux.

Alors je cherche d'autres mots, d'autres formules. Je voudrais réserver celle-là à un jour plus joli, la garder propre comme un sou neuf pour une belle occasion.

Quand Lola est arrivée quelques minutes après mon appel, elle s'est assise à côté de moi, tout près, nos bras se touchaient, dans notre langage corporel de filles pas tactiles c'était comme un câlin.

Elle me regardait et je regardais ma tasse de café, qui avait pris un goût un peu trop salé.

On ne s'est rien dit, trop occupées qu'on était à réaliser que c'en était un peu fini de nos délires d'ados attardées, et que plus rien ne serait jamais tout à fait comme avant. D'ailleurs un moment je lui ai dit en souriant dans mes larmes : « C'était bien, quand même », et elle a souri aussi en rapprochant un peu son bras du mien.

Malgré mes refus mous, elle a envoyé quelques textos pour organiser une réunion de crise. Ses longs doigts s'agitaient sur son téléphone. Ils tremblaient comme chaque fois qu'elle est émue ou surprise, mais ça ne compte pas vraiment, elle est tout le temps émue ou surprise.

Elle a convoqué les autres à venir le soir même, et m'a demandé si elle devait leur dire pourquoi.

On est convenues que non, pas maintenant, et sans se le dire on savait qu'avec cette décision de rien du tout on s'autorisait à glisser doucement dans un autre registre. Celui des nouvelles qu'on retient un peu pour mieux leur laisser faire leur petit effet, celui des scoops qui ont besoin d'un effet d'annonce pour exister, qu'on garde pour un peu plus tard, quand les bougies seront allumées et qu'on aura chacune un verre dans une main et une clope dans l'autre.

En accordant à l'annonce ce suspens de quelques heures, on cherchait à en extraire son potentiel de légèreté, on soignait la forme pour arrondir ses angles et lui donner des allures de normalité, pour la noyer dans le lot des préoccupations comme les autres.

Ça serait chez Lola, et il y aurait elle, Marie, Charlotte et moi. Comme toujours, comme avant, avant les deux barres roses.

Alors je suis même allée acheter du tarama, pour faire croire à nos apéros que rien n'avait changé.

L'ascenseur de son immeuble est aussi petit que le hall est spacieux. En montant dedans, je me demande si un jour j'y entrerai avec un ventre que j'aurai du mal à caser. Une chose est sûre, si c'est le cas il n'y aura pas de place pour un papa.

Le symbole me saute à la gueule.

Ma vie est un ascenseur de l'avenue de la Bourdonnais.

Chaque seconde qui passe m'éloigne de ma vie d'avant, creusant un fossé avec celle de maintenant. J'ai besoin d'observer entre elles deux une continuité, et en entrant chez Lola je lui suis infiniment reconnaissante d'habiter au même endroit, d'avoir gardé les mêmes meubles. Même son digicode n'a pas changé, je nage dans le bonheur.

On dirait qu'elle a tout fait pour que tout soit comme avant, qu'elle a soigneusement reconstitué en carton-pâte le décor que je connaissais.

Il faudra qu'un jour ou l'autre je me fasse à l'idée qui rien n'a changé, sauf peut-être une infime modification dans le fonctionnement obscur de mon ovaire.

Tiens d'ailleurs, on dit un ou une ovaire ?

Non finalement je préfère ne pas savoir. Maintenir tout ça dans le flou comme quelque chose d'abstrait, laisser planer un doute sur sa grammaire jusqu'à douter de son existence même.

En arrivant elles m'embrassent tout doucement pour ne pas me casser. Elles ne savent pas pourquoi, mais savent que ça ne va pas. Conformément à notre tradition tacite, elles attendent docilement que tout soit prêt pour me demander ce qu'il y a, noyant leur impatience dans le tartinage frénétique de tarama et les tintements des verres qu'elles disposent sur la table.

Observant le spectacle, je me rends compte que je n'en fais plus partie. Ça ne m'amuse plus de participer à cet effet d'annonce, je préférerais leur cracher le morceau là, juste derrière la porte d'entrée, je n'ai plus envie d'y mettre les formes, de l'enrubanner dans une ambiance calfeutrée, je voudrais des néons qui rendent la peau pâle les yeux cernés et l'atmosphère glaciale, d'un coup je sature de cette mise en scène à laquelle je participe, parce que soudain c'est évident, je me mens, on se ment, ce n'est pas comme avant, et malgré tous leurs efforts pour que je me sente entourée je m'endormirai quand même dans quelques heures seule avec ma tumeur.

Une dizaine de minutes après, un verre dans la main une clope dans l'autre, ça va beaucoup mieux, merci.

Satanées hormones, c'est insupportable ces sautes d'humeur.

Je suis la star du moment, la mascotte de la soirée, l'héroïne de leur fait divers, les regards sont tournés vers moi et le monde suspendu à mes lèvres, ça me fait drôle je n'ai pas l'habitude. Je suis gênée, ça fait une heure qu'on y est et on a parlé que de moi, je ne leur ai même pas demandé comment ça allait de leur côté.

L'atmosphère est redevenue respirable, très même. Ça craint, j'ai appris il y a quelques heures que j'étais enceinte, mon amoureux pas amoureux s'est barré, et je suis bien obligée de constater que je passe un bon moment. J'ai une chance folle de les avoir. Chacune remplit parfaitement son rôle.

Marie, le pragmatisme sans la lourdeur, un esprit terre à terre presque aérien, dans sa bouche tout est à la fois logique, facile et léger. Un calme apparent que seules ses joues trop rouges trahissent, elle dit qu'elle a chaud je sais qu'elle trouve en réalité que c'est quand même chaud pour moi.

Lola, ses mains qui tremblent. Son empathie exacerbée, je suis enceinte, c'est elle qui a les nausées. La façon qu'elle a de regarder avec autant d'intensité, de s'impliquer autant émotionnellement, d'ailleurs quand elle écoute elle met souvent la main sur son cœur, on dirait que c'est pour le protéger un peu.

Charlotte, sa grâce dans les mouvements, c'est fou comme les choses paraissent moins graves quand on est face à quelqu'un qui bouge comme on danse, on dirait qu'avec ses mains elle chasse les soucis, forme autour d'elle une bulle impénétrable, je voudrais qu'elle s'approche un peu de moi et qu'elle continue à battre doucement l'air avec les bras pour éloigner ce qui ne va pas.

Sa bulle a pété dans la ligne 14, à 23 h 43. J'ai su qu'en arrivant dans le métro elle s'était effondrée, folle d'inquiétude pour moi, inconsolable. J'aurais voulu être là pour la consoler et tenter de balayer ses soucis avec mes grandes ailes d'albatros.

Première nuit avec toi. Je suis à l'aise comme avec un inconnu que j'aurais ramené chez moi. Un mec un peu boulet, un peu collant. Mais gentil. Un à qui je n'aurais pas osé dire « bon ben, salut » et avec qui se profilerait une proximité dont je ne veux pas. T'abriter malgré moi, c'est naturel comme me glisser dans les draps d'un amant encombrant sans pouvoir lui tourner le dos. De jour, je ne m'en rendais pas compte. Dans le silence de ma nuit qui commence, je ne vois plus que ça. Cette intimité forcée.

Tu es sûr, tu ne veux pas que je t'appelle un taxi ?

Je dois faire une échographie pour dater précisément la grossesse. En m'entendant pleurer au téléphone, l'obstétricien a cru que c'était de joie. J'ai rectifié en reniflant « C'était pas du tout prévu », il a répondu « Veinarde ».

J'ai hésité entre le tuer et changer de gynéco, puis finalement j'ai pris le bus pour aller le rencontrer.

Sur la plaque de son cabinet du 16e arrondissement, il y a écrit « Docteur M., spécialisé dans les problèmes d'infertilité ». Je m'attends à une médaille d'or de l'utérus en pénétrant dans l'immeuble.

Dedans ça sent le raffinement du luxe et l'odeur rassurante des médecins. L'ambiance est chaleureuse, le mobilier confortable. On ne pourra pas me reprocher de me foutre de la gueule du monde : préparer sa mort sous les doigts d'un obstétricien à 110 euros la consultation ce n'est pas donné à tous les embryons.

Les trois femmes qui attendent avec moi feuillettent distraitement un exemplaire de *Parents* mis à disposition sur la table. Je prends *Gala*, elles doivent penser que je suis une mauvaise mère. Elles n'imaginent pas à quel point.

Deux heures après, c'est mon tour. L'obstétricien du 16e a une tête d'obstétricien du 16e : la quarantaine, allure sportive, joliment dégarni, avec des mains fines et fortes qui donnent envie de lui confier un crâne de nourrisson à sa sortie.

Il m'invite à m'asseoir, et je lui explique tout : cet accident de capote, cette pilule du lendemain prise seize heures après, puis cette fatigue, ce pressentiment bizarre, ce test, ces deux barres roses, ce père qui n'en serait pas un, cette chance qu'on avait aujourd'hui de pouvoir décider d'être mère ou pas, cette angoisse dans laquelle je me trouve malgré tout, cette solution qui me terrifie, cette autre qui me panique, et réciproquement.

Il me pose quelques questions puis me demande de me déshabiller.

Je mets les pieds dans les étriers, et il met ce qu'il a à mettre là où il a à le mettre.

En allumant l'écran, il me dit que je ne suis pas obligée de regarder.

Je tourne la tête dans l'autre sens pour ne rien voir, et j'entends les battements rapides d'un cœur. Je crois que c'est le mien, quand il éteint le son en disant « pardon » je comprends que ce n'est pas le cas.

J'ai monté les sept étages en courant, et je les ai redescendus plus vite encore. Une fois, puis deux, puis trois. Je m'en remets au ciel, au destin, il doit bien avoir un peu de bon sens. J'ai mal, j'accélère, je force, encore un petit effort, je contracte le ventre pour faciliter ta descente.

À bout de souffle, épuisée, je m'écroule sur mon lit et je m'endors les mains sur le ventre pour te demander pardon.

L'obstétricien m'a remis un dossier. Il est bleu avec écrit « Interruption volontaire de grossesse : dossier-guide ». En haut il y a un encadré aux couleurs de la France, marqué « République française, ministère de la Santé, de la Jeunesse et des Sports ». Je préférerais y trouver les règles du badminton.

Il est clair, complet. C'est bien la première fois que je lis une brochure estampillée « République française » et que j'y comprends quelque chose. Les textes de loi ponctuent les démarches à accomplir. Je lis attentivement, bonne élève, me laissant envahir au fil des paragraphes par la certitude apaisante que ce que je m'apprête à faire est autorisé, qu'interrompre cette grossesse est un droit dont je dispose. Je prends appui sur les articles du Code de la santé publique pour ne pas boiter, je m'adosse sur leurs lettres compliquées pour me reposer, et je pense à toutes celles avant moi secouées dans leur chair, avançant dans le noir, sans qu'aucune voix officielle vienne les apaiser en leur chuchotant à l'oreille : « Article L. 2212-1 du Code de la santé publique : La femme enceinte que son état place dans une situation de détresse peut demander à un médecin l'interruption de sa grossesse. »

En poursuivant, consciencieuse, mes recherches sur Internet, je tombe sur un cas de jurisprudence du 31 octobre 1980.

Pour la faire courte, M. et Mme Lahache sont séparés. Mais M. Lahache a laissé à sa femme un drôle de cadeau d'adieu juste derrière le nombril.

M. Lahache veut garder ce bébé. Peut-être qu'il espère que ça sera comme un nouveau départ pour eux.

Mme Lahache, elle, ne veut pas d'un bébé, ni d'un nouveau départ. Alors elle décide d'interrompre sa grossesse.

L'apprenant, M. Lahache porte plainte. Contre sa femme et contre le centre hospitalier, d'ailleurs s'il avait pu il aurait porté plainte contre la terre entière parce que merde, il le voulait ce bébé.

Il dit : mais tout le monde s'en fout ou quoi de mon avis, je le voulais moi, il invoque le droit, il hurle putain, c'est écrit là, noir sur blanc, dernier alinéa de l'article L162-4 : « Chaque fois que cela est possible, le couple participe à la consultation et à la décision à prendre. »

Alors le Conseil d'État se demande quand est-ce que cela n'est plus « possible » et la sentence tombe. Avec des mots qui se tiennent à carreau, on le met calmement mais fermement face à l'implacable évidence. Puisqu'il faut bien choisir, c'est à la femme que revient la décision. Parce que c'est en elle, dans sa chair, que se joue la scène.

« [...] Si, d'après le dernier alinéa de l'article L. 162-4, "Chaque fois que cela est possible, le couple participe à la consultation et à la décision à prendre", il ressort de ce texte éclairé par les travaux préparatoires de la loi que la disposition en cause, qui présente un caractère purement facultatif, n'a ni pour objet ni pour effet de priver la femme majeure du droit d'apprécier elle-même si sa situation justifie l'interruption de la grossesse ;

[...]

Considérant qu'il résulte de ce qui précède que M. Lahache n'est pas fondé à soutenir que c'est à tort que, par le jugement attaqué, le tribunal administratif de Rennes a rejeté sa demande d'indemnité.

DÉCIDE

Article 1er – La requête de M. Lahache est rejetée. »

« La femme est seul juge de la situation de détresse. »

J'aime cette phrase. Ses mots simples pour trancher ce qu'il y a de plus complexe. L'impression qui en ressort que le droit s'acoquine avec l'intime. Qu'il est allé le fouiller, le décortiquer, et en est revenu habité par cette évidence-là.

J'aime sa formulation courte, son point final, qui veut dire ne prouvez rien, n'argumentez pas, ne cherchez pas à justifier.

« La femme est seul juge de la situation de détresse. » Point final.

Je voudrais ne pas avoir le choix. Que l'avortement soit interdit ou qu'il soit obligatoire. Je voudrais qu'on m'embarque de force, qu'on m'allonge et qu'on m'aspire, qu'on m'ouvre, qu'on t'extirpe et qu'on me recouse. Ou qu'on m'embarque, qu'on m'attache et qu'on m'oblige à couver, en nous engraissant juste ce qu'il faut tous les deux par intubation.

Et que dans quelques mois, seule ou accompagnée d'un landau, j'aille manger dans un restaurant qui proposerait un plat unique, pour ne plus jamais de ma vie avoir à faire le moindre choix.

Non, j'ai une meilleure idée. Je voudrais dormir pendant sept mois encore, me réveiller sans souvenirs, et qu'un pacte secret m'unisse au reste du monde pour que je sois la seule à ne pas savoir ce qui s'est passé, que tu reposes en paix ou que tu poursuives ta vie sans moi, pour que je puisse poursuivre la mienne sans toi, en paix.

Ça fait depuis l'été 1995 que je n'ai pas guetté mes règles avec autant d'impatience. J'avais douze ans et une meilleure amie, Manouche, qui venait de « les » avoir. Je « les » voulais aussi, avec autant de ferveur que des poils sous les bras.

J'attends cette douleur familière dans le bas-ventre, j'espère cette crampe qui tord les entrailles, je guette dans ma culotte et les toilettes une trace de sang, même petite, une preuve infime que tu as finalement compris que ce n'était ni l'endroit ni le moment.

Ma marraine est en face de moi, elle attend que je lui dise ce qui ne va pas. Elle a ramené avec elle son ambiance, celle qui se fait toujours sentir chez soi, et son regard dans lequel rien ne paraît jamais grave.

Elle me demande si ça l'est, je dis « oui ».

— Très grave ?

— Oui.

— Les seules choses très graves, c'est celles sur lesquelles on ne peut plus agir. La seule sur laquelle on ne peut plus agir, c'est la mort. Tu as tué quelqu'un ma Camille ?

— Non.

— Alors donne-moi ta main, et raconte-moi.

Dans le café sombre on parle, longtemps, les gens qui passent dehors voient quelqu'un qui pleure et quelqu'un qui comprend, l'ennui c'est qu'elle sait tout, à la fois la magie des bébés que l'on attendait pas et les regrets de les voir grandir sans leur père.

J'hésite entre renoncer à mon paquet de cigarettes quotidien et mes envies de boire jusqu'à l'écœurement, ou doubler les doses pour que tu quittes cet endroit.

Je t'imagine si petit, si fragile, suffoquant dans ce nuage de fumée et ces vapeurs d'alcool. Alors j'arrête. Pour t'épargner. Mais j'ai peur que tu te sentes bien ici. Que tu trouves cet endroit charmant, coquet, et accueillant.

Pour ne pas te prendre en traître, je rallume une cigarette en me servant un verre.

Jusqu'à la troisième bouffée et la troisième gorgée, qui ont un goût amer de culpabilité.

Mes bouteilles sont comme moi, à moitié vides et à moitié pleines.

Je savais qu'on pouvait lire l'avenir dans le marc de café, pas les états d'âme d'une femme dans son cendrier plein de cigarettes à moitié consumées.

1989. J'ai six ans, un grand frère, Benjamin, une petite sœur, Bertille, et pas du tout envie d'en avoir d'autres. Mes parents n'ayant pas eu l'élégance de me demander mon avis, ils sont parvenus dans des circonstances obscures à mettre un quatrième enfant en route. Une fille, il paraît. Quelques mois après, le « grand jour » arrive. On passe la soirée chez la voisine, dans une ambiance d'excitation forcée. Alors qu'on est dans le bain, elle reçoit un coup de fil et, quand elle revient, nous demande, tendue, de sortir du bain pour retrouver papa à la maison. Je suis grande, et les grands ça doit être content d'avoir une petite sœur. Alors en ouvrant la porte je crie « Il est où le bébé ? » en me forçant un peu.

La voisine nous laisse là, et ferme la porte. Il règne dans la maison un silence lourd, et tous les volets sont fermés. Sur la droite, dans le salon, je commence à distinguer la silhouette de mon père, assis dans le canapé. Un poids mort et courbé, les coudes sur les genoux, la tête entre les mains. Il tourne la tête lentement vers nous. Il essaye de dire quelque chose mais le son ne sort pas, alors avec ses mains il nous fait signe de nous approcher. Il est minuscule dans le grand canapé, rabougri, crispé, mon grand papa est devenu tout petit. Il nous fait signe de nous asseoir, en nous regardant bizarrement.

J'ai l'impression de lui faire peur, c'est bizarre de faire peur à son papa, alors je m'assois à sa gauche, le dos bien droit, les pieds qui pendent, surtout ne pas les balancer, être sage, ne pas faire de bruit, parce que chaque morceau de cuir qui grince sous mon pyjama fait un vacarme assourdissant entre deux reniflements discrets.

Papa pleure.

Je ne savais pas que les papas, ça pouvait pleurer. Je fais semblant de ne pas le voir, pour pas qu'il croie que je crois que c'est un bébé.

Il dit « Ça va les enfants ? » ou un truc comme ça, je dis « Oui » pour être polie, et pas « Et toi ? » pour être gentille parce que je vois bien que ça ne va pas fort. Mon frère joue par terre avec une petite voiture qu'il balade de gauche à droite, et je lui mets un coup de pied discret pour qu'il arrête de faire du bruit.

Alors papa s'éclaircit un peu la voix en toussant, et il dit : « La petite sœur ne reviendra pas à la maison. » Il parle vite, d'une seule traite, d'un filet de voix fragile, on sent bien qu'il a répété sa phrase, qu'il sait que cette toute petite phrase serait sans doute la plus importante de notre toute petite vie.

Puisqu'on ne dit rien, il ajoute : « Elle est au ciel. » On lui demande comment elle s'appelle, il nous dit son prénom, on ne pourra pas la voir mais promis elle est très jolie, brune avec plein de cheveux, une petite bouche toute rouge et des petits poings fermés qui ne s'ouvriront jamais.

Maman est fatiguée, et triste aussi, il faudra qu'on soit sage et très courageux, et sans doute ce ne sera pas facile à la maison mais bientôt tout irait mieux. Quand ? Il ne sait pas trop, non ma chérie, sûrement dans plus que trois dodos.

Ma tante est venue vider la chambre de la petite sœur avant que maman ne revienne de la maternité. Elle a pris les petits bodies, les petits gilets et les salopettes minuscules et les a enfermés dans une grosse valise. Elle a mis le berceau dans le grenier et a rouvert les volets, dans la chambre elle a déposé un gros bouquet de fleurs blanches, et maman est revenue, les seins lourds et les bras vides.

L'annonce de ma grossesse l'a plongée pendant des mois dans un trouble qui n'était pas seulement celui d'une mère inquiète.

La violence de certaines de ses réactions disait autre chose que la seule angoisse maternelle dans laquelle elle se drapait.

Très vite, une évidence : il y a de la colère dans cette inquiétude-là, elle m'en veut de quelque chose, je ne sais pas alors de quoi.

Plus tard je comprends qu'il n'y a pas elle contre moi. Il y a elle contre ses démons, ses blessures, contre tout ce qu'elle n'a pas pu hurler à l'époque.

Moi, je ne suis que son souvenir. Je suis elle quinze ans en arrière, le mari en moins, le choix en plus.

Je suis le choix qu'elle n'a pas eu, la possibilité qu'on lui a arrachée, je suis l'injustice de l'alternative.

J'aurais son soutien sans faille en interrompant ma grossesse. Mais en décidant de la poursuivre, c'est elle que je priverais de mon soutien, la laissant seule, encore, avec ses cauchemars, alors même qu'elle touchait du doigt la possibilité qu'unies par le deuil d'un enfant, je lui tienne compagnie dans sa solitude.

Faire le choix de poursuivre cette grossesse, c'était me désolidariser, ne pas saisir sa main tendue, ignorer ses appels silencieux qui me suppliaient de la rejoindre dans le vide infini qu'avait créé en elle la sensation de donner la mort, alors qu'elle devait donner la vie.

Elle m'a appelée pour prendre des nouvelles. A laissé un message. Puis deux. Puis cinq. Puis un texto : « Rappelle-moi, je m'inquiète. Maman. » Je suis descendue dans la rue trouver l'air qui me manque pour la rappeler. Surtout, faire comme si de rien n'était.

À sa voix quand elle décroche je sais que je vais craquer, parce qu'en l'entendant dire « Allô ma chérie » je me souviens que je veux avoir quatre ans et un doudou qui pue, lui arriver à la taille et pleurer quand elle s'en va. Perchée sur mes jambes trop grandes avec ma voix d'adulte, je lui dis que non ça ne va pas et que je suis enceinte.

Ça sonne comme une blague, comme un coussin sous une petite chemise de nuit rose à pois, je voudrais qu'elle me demande en souriant qui est le papa, et lui répondre que c'est le prince charmant. Mais en le disant elle ne sourit pas, et je lui réponds qu'elle ne le connaît pas. Alors elle dit : « Je prends la voiture, j'arrive » et avant de raccrocher je demande : « S'il te plaît, ne le dis pas à papa. »

Trois heures après, elle est là.

Quelques secondes plus tard, je vois un homme défait s'approcher, qui ressemble plus ou moins à mon papa.

Je demande à ma mère ce qu'il fout là, elle me répond que je suis bien mignonne mais qu'elle aussi a besoin de soutien, et que son mari en est un.

L'avantage, c'est qu'à partir de ce moment-là le ton est donné. En quelques mots et quelques heures elle vient de planter le décor des mois à venir : je suis l'écervelée, elle la victime, et dans cette crise qu'elle traverse j'ai tout intérêt à la ménager un peu.

« Il m'a fait une gastro », se plaît à affirmer la jeune maman. Car la vie est ainsi faite. Lundi, il lui a fait un dessin, mardi, une gastro. Vu de la mère, l'enfant ne s'adresse qu'à elle, jusque dans ses vomissements nocturnes. Il n'a pas souffert d'une gastro, il l'a faite à sa mère, l'ingrat. L'a désignée comme destinataire, l'a érigée bien malgré lui en actrice principale de sa maladie, lui qui ne récolte que le rôle de figurant de sa propre douleur.

Petite, j'ai fait pas mal d'angines à ma mère. Aujourd'hui, il semblerait que je lui ai fait une grossesse.

Postée avec ma mère sur le trottoir, j'ai vu papa fermer sa voiture et se diriger vers nous. Il marchait d'un pas pressé mais avec des petites enjambées, comme s'il voulait arriver vite mais pas trop. En distinguant son visage j'ai compris qu'il avait peur de ce qu'il allait trouver. Ma mère avait laisser planer le suspense durant l'heure et demie de route qui les séparait de moi.

Il m'a embrassée en posant sur mon épaule une main qui tremblait. Il m'a regardée de haut en bas très vite puis droit dans les yeux, à la recherche d'un indice, une piste, un détail, un bras en moins, un œil en plus, n'importe quoi qui lui éviterait de formuler la question dont il redoutait tant la réponse. Comme il ne voyait rien, j'ai dit : « Je suis enceinte », et je ne savais pas qu'on pouvait à ce point voir l'angoisse retomber dans un visage, il avait presque l'air de me remercier, et avec le sourire de soulagement d'un môme qui apprend que les fantômes n'existent pas il a dit : « Ah, ce n'est que ça. »

On est entrés dans l'immeuble et on a monté les sept étages en silence.

Quelques dizaines de minutes après on les descendait dans l'autre sens. Ils s'étaient tapé 264 kilomètres et deux fois soixante-dix-sept marches pour me demander ce que je comptais faire, et m'entendre répondre que je ne savais pas.

À mi-parcours, mon père a pris mon sac à main et m'a dit dans un sourire : « Je vais t'aider quand même, une femme dans ton état… »

Et j'ai acquiescé timidement, comme une gamine prise en faute et un peu déstabilisée de se retrouver face à une indulgence qu'elle n'attendait pas.

Heureusement pour la stabilité de la gamine, l'indulgence n'a pas duré.

Quelques jours après, il avait « réfléchi à cette histoire ». Il fallait qu'on en parle, il ne trouvait plus que « Ah, ce n'est que ça ».

J'ai pris un billet pour Rouen, où vivent mes parents. Ça coûte 22,80 euros de se jeter dans la gueule du loup.

Le loup avait mis le manteau de mon père, et était venu me chercher à la gare.

Dans la voiture il n'a rien dit et quand on est arrivés il a tapé des mains sur la table en hurlant : « Mais toute seule tu n'y arriveras jamais bordel ! » Ses mains ne sont pas faites pour taper sur une table. D'ailleurs je crois que c'est la première fois qu'elles tapent sur quelque chose. Il a des mains de papa gentil, des mains qui caressent des crânes de bébé et qui consolent les enfants, des mains qu'on prend quand on a cinq ans et qu'on est fatigués de marcher, des mains qui poussent le dos, pour aider le petit vélo à monter la pente.

Mon père ne m'a jamais mis une claque.

Mais quand je lui ai dit : « Je ne sais pas encore ce que je vais faire » et que j'ai vu ses mains se lever et ses poings se serrer pour retomber sur la table, c'est la plus grosse dérouillée que je me suis jamais prise de lui.

Ça m'a fait mal jusque dans le ventre, et des

fourmillements bizarres jusqu'au bout des doigts. Lui-même a été surpris par l'intensité du bruit qu'il avait provoqué et par le silence qui a suivi, un silence qui disait que quelque chose s'était rompu à jamais, de l'ordre de la confiance aveugle que l'on fait à son père, et de l'impression que ses gros bras seront là quoi qu'il arrive pour nous protéger.

J'ai pris mille ans en trois secondes, je me suis sentie vieille et je l'ai senti mort, puisque le papa que j'avais n'aurait pas pu dire ça.

J'ai appris plus tard qu'il était monté dans son bureau, et s'était mis à pleurer. Que Caroline, une amie qui était passée à la maison et y avait trouvé un silence inhabituel, l'avait trouvé là, dos voûté, assis face à la fenêtre, qu'elle s'était approchée de lui sans un bruit, pour lui poser la main sur l'épaule. Qu'il avait alors posé tout de suite sa main sur la sienne, et s'était retourné très vite pour la serrer dans ses bras. En découvrant son visage, il avait eu un sursaut de recul. Il croyait que c'était moi.

Il a eu mal, moi aussi. Un point partout. Avec une minuscule balle au centre.

Ils répètent, inlassablement : « Il est de notre devoir de parents de te montrer qu'il existe d'autres possibilités. »

D'autres possibilités que celle de garder un bébé, puisqu'il semblerait que ce soit la décision que j'ai prise. On aurait pu me prévenir, quand même.

Je ne dois pas foncer bille en tête, est-ce qu'au moins je me suis posé des questions ? (Non, j'ai enfilé des perles, pourquoi ?) Je dois bien réfléchir (Ah bon ?), penser aux conséquences (Mais lesquelles, enfin ?), garder quand même en tête que ma vie sera foutue. C'est important, je dois peser le pour et le pour.

Dans leur esprit, à partir de maintenant, « réfléchir » se résume à projeter d'avorter.

Le reste n'est qu'obstination et entêtement.

L'incompréhension est à son point culminant.

Ils doutent que je doute, alors que je ne suis qu'un doute.

Une hésitation qui prend le métro, une incertitude qui se lève et se douche, une indétermination qui essaye d'avaler un truc à manger, un point d'interrogation qui cherche le sommeil.

En fait je mens. Je ne doute pas, au contraire, je suis pétrie de certitudes.

L'une et son contraire. Au fur et à mesure des minutes qui passent, des odeurs que je sens, des choses que je vois, des pièces que je visite. En me réveillant je ne veux pas le garder. Dans la salle de bains j'ai changé d'avis. Une chance que je n'aie que deux pièces.

Je ne suis pas un point d'interrogation, mais deux points d'exclamation qui ponctuent fermement des décisions contraires. Une alternative d'évidences, qui s'annulent l'une l'autre.

Je suis une garce infidèle, je trompe un choix avec l'autre, et réciproquement. Je leur fais des promesses à chacun, puis je change d'avis. Alors je reviens dans les bras du dernier, qui fait comme si de rien n'était, je lui jure que cette fois c'est la bonne, mais je vois bien qu'il ne me croit plus vraiment.

La femme de mon frère est enceinte de cinq mois. Alors en la voyant sur le pas de la porte, c'est sorti tout seul. Des larmes, des sanglots, si elle n'avait pas un si joli pull je crois que je lui aurais vomi dessus des morceaux des semaines passées. Au début je n'ai pas voulu lui dire pourquoi, pas à elle, que rien de triste ou glauque n'atteigne le petit neveu ou la petite nièce qu'elle est en train de fabriquer. Mais tout doucement elle m'a dit de m'asseoir, et en ce moment ça crie tellement dans ma tête que j'obtempère toujours quand on me parle en murmurant, alors je me suis assise dans leur canapé, elle a appelé son mari, mon frère, et m'a demandé de lui dire ce qu'il se passait.

Quand je leur ai annoncé, le même soulagement que celui que j'avais lu dans les yeux de mon père. Le même « Ah, ce n'est que ça », qui flotte dans l'air.

En quelques minutes ils me scotchent. Je n'exclus pas de garder ce bébé ? Si c'est ce que je veux, bien sûr que j'y arriverai. Ça sera dur, mais j'y arriverai. Ils seront là aussi, on a la chance d'être une grande famille, et dans une grande famille on n'est jamais isolés. Leur bienveillance me berce et leur douceur se répand. Ils me proposent d'appeler les parents pour tenter de les rassurer, qu'on se voie tous ensemble pour que je ne sois plus seule face à eux deux.

J'accepte, et sans le savoir je me tire une balle dans le pied.

Environ quatre minutes après leur arrivée, je ne suis plus seule face à eux deux, je suis seule contre tous.

Les angoisses de mes parents se propagent rapidement dans toute la pièce, et bientôt ont raison de l'optimisme de mon frère.

Il a retourné sa veste, changé son fusil d'épaule, comme un petit garçon qui revient à la raison, à l'autorité, un peu sonné de s'en être affranchi l'espace de quelques minutes. C'est de la folie, je n'y arriverai jamais.

Je me sens plus seule encore qu'avant d'avoir touché du doigt leur soutien.

Quelques jours après, une lettre de mon frère. Il me dit qu'il a réfléchi. M'explique par A + B que je serais très courageuse, vraiment, si je décidais d'avorter. Me promets que j'y arriverai parce qu'on est une grande famille, et que dans une grande famille on n'est jamais isolés. Me demande si je connais la notion de résilience. Un bien beau concept, qu'il serait dommage de ne pas expérimenter. Allez il croit en moi, sait que je ferai le bon choix, je ne vais quand même pas risquer de mettre au monde un bébé malheureux, pour l'instant je me suis juste trompée dans l'ordre des choses et c'est beaucoup plus logique de commencer par trouver un mec. C'est vrai quoi.

Je suis allée sur des forums de futures mamans, elles ont déjà toutes un surnom pour leur bébé à venir. Il y a du « P'tit loup » et du « BB chou » à ne plus savoir quoi en faire, suivis de près par des « BB1 » ou « BB2 » selon la place qu'il occupe dans la fratrie. (La future mère qui fréquente les forums a le sens pratique.)

Je te cherche un petit nom.

J'hésite encore entre ma bosse, ma tumeur, mon erreur, mon accident, mon avorton, mon rien, mon tout, mon embryon, mon clandestin, mon sans-papiers, mon tout-petit, mon envie, ma folie, mon amour.

Les minutes passent, puis les heures, qui ont le mauvais goût de s'aligner pour constituer des journées.

C'est bien beau tout ça, mais je n'ai pas toute la vie devant moi. Te concernant, l'expression frôle l'indécence.

Je n'ai plus que vingt jours devant moi. Vingt dodos.

Tu ne le sais pas, mais peut-être que toi aussi.

La logique voudrait que dans les grandes décisions, les arguments se bousculent au portillon et s'affrontent, contradictoires, fermes et bruyants.

Mais c'est le calme plat. Mon cerveau se tient à carreau, mon encéphalogramme est plat, rien ne s'agite, idées en rang deux par deux, l'une et son contraire, sagement, sans faire de bruit, en se tenant la main, se complétant et s'annulant.

Résultat ? Le néant. La grande indifférence. Je n'ai pas de mal à décider dans le brouhaha de mon esprit mais dans son silence absolu.

Tout tourne à vide là-dedans, tout le monde s'en fout, moi la première. Je crois que les deux choix n'ont plus la force de batailler. Ils se sont rendus en même temps, ont accepté la défaite, se sont assis pour se reposer ou mourir.

Aujourd'hui, quand on me demande : « Alors, tu vas faire quoi ? », je réponds que je ne sais pas et que je m'en fous.

Je voudrais tirer à pile ou face, ou demander à mon voisin de terrasse qui se demande ce que je fous là depuis deux heures à pleurer. Lui dire « oui ou non ? » et le laisser choisir.

Tout à l'heure je suis allée faire une course. Depuis quelques jours je me sens tellement transparente que j'ai été étonnée que la porte automatique s'ouvre encore devant moi.

C'est pas toi hein, c'est moi. Vraiment, tu n'y es pour rien, je ne te mérite pas. J'ai rien à te reprocher, te remets pas en question, c'est juste une question de timing tu vois, c'est pas le moment. Peut-être que ça l'aurait fait si on s'était rencontrés après, ou avant…

C'est triste, ce que j'ai à te dire ressemble à une rupture amoureuse bas de gamme.

Mais si tu veux on peut rester bons amis.

— Qu'est-ce que tu as encore à chialer ?

— Je ne sais pas quoi faire.

— Tu as le choix, déjà, estime-toi heureuse.

— Oui, c'est vrai.

— Tu n'as pas de mec, un appart trop petit, toute la vie devant toi, qu'est-ce qu'il te faut de plus comme arguments ?

— Je les connais, les arguments. Mais je n'arrive pas à m'y faire.

— Bah alors garde-le, ton chiard, qu'est-ce que tu veux que je te dise.

— Non, je ne peux pas, j'y arriverai pas.

— Tu m'emmerdes. Sincèrement, tu m'emmerdes.

Cette fille qui me parle dans le miroir de la salle de bains n'a vraiment aucune indulgence pour moi.

En revanche elle en a pour ses pauvres parents, qui, paraît-il, traversent une *très mauvaise passe*. J'imagine que du côté de chez eux, les dîners sont sombres et enfumés. Mon père ne parle pas beaucoup, se contente d'écouter la prophétie apocalyptique que sa femme lui conte à mon sujet. Il marche sur des mines.

S'il acquiesce il ajoute du grave au grave, conforte ma mère dans ses angoisses et confirme l'hypothèse d'un épisode dramatique.

S'il tente de faire preuve de confiance et d'optimisme en émettant une nuance ou une objection, il ajoute des tensions aux tensions et se met sa femme à dos.

Il paraît que demain, mon père se rendra seul au week-end familial, où ils sont invités tous les ans. Il paraît que ma mère préfère, deux points ouvrez les guillemets, « rester enfermée chez elle avec les volets fermés », parce qu'elle traverse, deux points ouvrez les guillemets, « de graves difficultés familiales dont je ne peux pas parler mais que je ne souhaite à personne, qui compromettent l'équilibre de la famille en général » et le sien en particulier.

Forcément, leur entourage s'inquiète beaucoup. On le comprend.

J'imagine mon père prié de garder le silence sur ce sombre épisode, alors j'appelle son frère aîné, Daniel, et en quelques mots, des larmes dans la voix, je lui expose la situation.

Je lui dis que je ne sais pas encore ce que je vais faire, que c'est un autre sujet, que mon père doit avoir besoin d'en parler mais qu'il n'osera pas, alors que je préfère le faire à sa place, briser le secret pour qu'il y ait des bouts partout et qu'il soit obligé de marcher dessus, si t'es à côté de lui ça sera moins dur, hein mon Daniel ?

Il dit que d'accord, il comprend, il lui dira qu'il sait, il l'écoutera.

Je n'arrive plus à te cacher. Physiquement rien n'est plus simple pourtant, mon corps continue de faire comme si de rien n'était, et seule ma poitrine gonflée tente de révéler la vérité.

Mais à tous mes proches qui me demandent des nouvelles, je révèle le secret de ta présence. En les mettant dans la confidence, c'est comme si je les faisais entrer dans la danse pour me sentir moins seule sur la piste.

Je n'ai jamais su garder un secret me concernant. J'admire ces femmes dont on devine des zones muettes et des profondeurs passées sous silence. J'aimerais dégager leur mystère, au lieu de ça je suis un livre ouvert avec des dessins légendés au cas où ce ne serait pas assez clair.

Depuis toi c'est pire. Il faut dire qu'en vingt-cinq ans de vie, tu es mon plus gros secret. Six centimètres, à tout péter.

Ma mère s'agace que je parle de « ça », que j'ose parler de toi.

En dévoilant mon secret j'en reprends possession. Je préfère le tenir brisé entre mes mains que de le regarder intact dans d'autres.

Privée de mon secret, elle confisque alors ma peine.

Elle déguise mes craintes et leur donne ses traits, me prive de ma tristesse pour s'en vêtir et s'en plaindre, s'y prélasse comme dans un bon bain chaud : face aux amis et à la famille, elle la grossit et l'expose dans un suspense souvent haletant, pour récolter la sollicitude qui fait le charme des mauvaises nouvelles.

Je la regarde jouer avec mes peurs et mes ovaires parce qu'il paraît que c'est bien de prêter.

Mais son jouet ne lui convient pas, il ne marche pas, c'est nul, n'a pas l'effet escompté, les oreilles attendues sont là mais la peine ne s'en va pas, à quoi ça sert de faire tout ce bruit dehors si ça ne fait pas de bien dedans.

En la voyant gesticuler je comprends que ma grossesse est un outil, un alibi parfait à sa nécessité d'être écoutée.

Notre besoin d'attention est toujours impossible à rassasier, mais le sien se creuse de plus en plus, au fur et à mesure que grandit l'évidence que ce n'est pas de cette grossesse qu'elle a besoin d'être consolée.

Soirée avec trois amies, l'une d'elles prend un air mystérieux et une bouteille de champagne dans le frigo.

Elle nous annonce qu'elle va se marier, je n'en finis pas de pleurer, je ne sais plus vraiment pourquoi.

Je prends la parole à mon tour pour leur dire que je suis enceinte.

Je lui vole son scoop, avec le mien j'ai tapé plus haut dans l'échelle du sensationnel.

Pour faire mieux, Claire et Aurélie devront viser loin, nous annoncer qu'elles sont un homme, par exemple.

Pas rancunière, Caro, jolie fiancée, m'écoute, et ensemble elles me conseillent et me consolent.

Avant de repartir j'hésite à prendre une photo de la bouteille vide et de ma coupe pleine, pour te faire croire si tu dois naître qu'une fois au moins, toi aussi tu as eu le droit à une annonce heureuse.

Et ces salauds de jours qui n'en finissent pas de filer, sans que j'avance d'un chouïa.

J'ai pris rendez-vous au planning familial. Il fallait que je pose un acte, que j'accomplisse une formalité, que j'enclenche une procédure, même sans savoir laquelle.

Dans le bus qui doit m'y emmener, je m'endors abrutie par la fatigue et quand je me réveille je ne sais pas où je suis.

Je descends comme un automate. Un boulevard à gauche, un autre à droite, je suis plantée à la pointe d'un « V » qui n'est pas celui de « Victoire ».

Il n'y a pas de carte, je n'ai pas de plan, et pas pris l'adresse. Le bâtiment devait être juste en face de l'arrêt dont je ne me rappelle plus le nom.

J'ai honte de demander à des passants où est le planning familial, j'ai honte d'avoir honte, j'ai honte d'avoir cru un instant que je pourrais réussir à élever un enfant seule, alors que je suis là, essayant de ravaler mes larmes, adossée à l'arrêt de bus, même pas foutue de retrouver mon chemin.

	IVG	PAS IVG
+	Lui éviter un avenir certain M'éviter de probables difficultés financières Ne pas le priver de père Me garantir une vie plus douce Évoluer professionnellement Rencontrer un homme que j'aime, et qui l'aime, et repartir de zéro Avoir avec lui des enfants Les élever avec leur père, sereinement	Avoir ce bébé
–	Renoncer à ce bébé	Avenir incertain pour lui Situation financière potentiellement difficile Priver un enfant de son père Complexité matérielle et émotionnelle de la situation Projets professionnels compromis pour moi Projets sentimentaux plus que compromis pour moi Devoir déménager. Où ? Avec quel argent ? L'élever seule. Y arriver ? Renoncer à ma liberté

On est au XXIe siècle, en France, je suis une femme moderne. Je suis contre la peine de mort et pour le mariage homosexuel. Je suis abonnée à *Télérama*, j'achète des légumes bio sur le marché quand je n'ai plus de surgelés Picard dans le congélo, parfois je fais l'amour, comme ça, pour le plaisir, sans engagement ni projets particuliers. Je porte des strings et je vote à gauche, il m'est même sûrement arrivé d'aller voter à gauche en string. Je suis pour l'avortement, qu'on ait seize ans, pas de ronds ni mec, ou trente-cinq et un appartement confortable avec chambre d'amis, suite nuptiale et mari aimant à l'intérieur. Je suis pour que les gens aient le choix de donner naissance à un enfant ou pas, je suis contre ceux qui célèbrent le miracle de la vie en prônant que chaque grossesse en est un, je suis contre ceux qui érigent leurs valeurs personnelles en principes universels.

Au XXIe siècle, célibataire, en France, je n'ai objectivement aucune raison de ne pas décrocher ce putain de téléphone pour prendre rendez-vous à l'hôpital le plus proche et qu'on me fasse un truc propre et discret.

Ce sera l'affaire de quelques heures seulement, c'est la dame du planning familial qui me l'a dit.

Dans six mois et demi, on sera début juin. J'ai recompté plusieurs fois (j'ai fait un bac littéraire), c'est bien ça.

Tu as été conçu le 4 septembre. Si tu nais, ça sera le 4 juin.

Est-ce qu'on arrive à oublier s'il le faut une date prévue d'accouchement ?

Y a-t-il une année où on se surprend à ne pas y avoir pensé ?

En est-il une autre où on ne se demande pas quel âge il aurait ?

Je crois que je n'aurais pas dû calculer. Je voudrais déjà oublier.

Dans un café du Marais, j'attends mon amie Blandine. Elle a quelque chose d'important à me demander, j'ai quelque chose d'important à lui annoncer. Elle commence : c'est sûr maintenant, elle se marie, ça sera le plus beau jour de sa vie, surtout si j'accepte d'être son témoin.

Je lui demande la date.

Puis si je peux lui confirmer ça bientôt.

Elle m'interroge du regard puis baisse les yeux, déçue. Elle n'imaginait pas ça, c'est quand même suffisamment loin pour être sûre d'être disponible, le 4 juin.

Je suis ennuyée, je voudrais vraiment y être.

Tu n'y mets décidément pas beaucoup du tien.

Avant, quand ton père partait, je trouvais parfois chez moi quelque chose de lui. Une chaussette, un tee-shirt, une brosse à dents. Je les mettais de côté pour la prochaine fois, j'aimais l'idée que quelque chose de lui soit en résidence chez moi. Quand je le lui rendais, ça faisait très couple, ce petit « tiens, t'as laissé ça la dernière fois ». Parfois c'était juste un cheveu, alors je me permettais de ne pas lui rendre.

Là, il m'a laissé toi. Je voudrais te laver, te plier, te repasser, te poser sur l'étagère pour te rendre la prochaine fois, ou t'épousseter d'un revers de la main en me disant que je ne vais quand même pas garder ça.

J'erre dans Paris, j'essaye de me perdre dans ses rues, j'y arrive très bien d'ailleurs, je marche d'un pas pressé, les gens qui me croisent doivent penser que je suis en retard, en réalité je n'ai pas de rendez-vous, ou peut-être que j'en ai un mais je m'en fous, ça fait cinq jours que je n'ai pas ouvert mon agenda, à quoi ça sert de toute façon puisque le temps s'est arrêté.

Devant la poissonnerie je respire un grand coup, je change de trottoir pour passer devant le fleuriste, et encore une fois pour marcher sur les grilles du métro dont le souffle chaud m'écœure tant. Je rentre dans une librairie pour sentir l'odeur du papier, et je vais acheter un pain au chocolat que je jette dans la première poubelle. Je m'accroche à ces odeurs que je connais pour me prouver que tout ne s'est pas arrêté, qu'en fait rien n'a changé.

Aussi étonnant que ça puisse paraître ça semble être le cas. Il y a les mêmes odeurs et les mêmes têtes de gens, les contrôleurs contrôlent toujours et le facteur ne sonne toujours pas deux fois au septième étage, quand je rentre chez moi les murs sont toujours là, de ma fenêtre on voit toujours le clocher et, plus bas, la cour de récréation, d'où s'élèvent toujours des cris aigus en attendant l'heure des mamans.

Les gens qui sont contre l'avortement ne savent pas la chance qu'ils ont. Moi aussi je voudrais n'avoir qu'une seule solution, et un esprit étriqué pour ne pas me poser de questions, je voudrais des jolies œillères et un gant de fer, et pouvoir me raccrocher à des principes obtus sans savoir ce que j'en pense, confier mon sort et le tien à des certitudes inébranlables.

La seule que j'ai est celle de la liberté. Me voilà bien avancée.

Et ce putain de distributeur à billets qui me demande si je veux un ticket. Mais lâchez-moi tous, je n'en sais rien.

Je ne sais pas si je veux de ticket, je ne sais pas si je veux de bébé.

« J'aime les gens qui doutent, les gens qui trop écoutent leur cœur se balancer. J'aime les gens qui disent et qui se contredisent et sans se dénoncer. J'aime les gens qui tremblent que parfois ils nous semblent capables de juger. J'aime les gens qui passent moitié dans leurs godasses et moitié à côté. » Anne Sylvestre.

Moi aussi, avant toi, j'aimais les gens qui doutaient.

Les arguments sont là, bien rangés dans le tableau épinglé près de mon lit. Pourtant j'ai l'impression qu'ils ne me concernent pas. Les deux issues, trop abstraites, me paraissent maintenant dénuées d'enjeux et d'importance. Dérisoires.

Je suis devenue une contorsionniste des sentiments. Hier, aucune des deux situations ne me convenait. À force d'efforts simultanés dans les deux sens, tout me va. Faites comme vous voudrez.

Place du Palais-Bourbon. Virginie, une amie à qui j'explique tout ça, me conseille de jouer à faire « comme si ». Comme si j'allais le garder, le temps d'une journée. M'immerger dans cette possibilité, endosser ce costume-là. Je suis dubitative, et pas d'humeur à jouer.

Après un long silence, elle me dit : « Moi aussi, il y a un an, j'ai joué à ce jeu-là. »

« Et alors ? » je lui demande.

Question débile, puisque force est de constater qu'à côté de nous il n'y a pas de landau.

Alors elle s'est réveillée un matin en faisant comme si elle allait garder ce bébé dont elle n'avait pas prévu l'arrivée. Elle y a cru jusque dans ses entrailles. Elle a tenu jusqu'au milieu de l'après-midi. Sa décision était prise. Elle voulait retourner à hier ou à demain, tout de suite. N'importe où mais ailleurs que dans ce corps forcé de constater qu'il n'était pas prêt à ça.

Aujourd'hui ? Pas l'ombre d'un regret. Ça a été dur, bien sûr, mais bien moins que d'imaginer la possibilité d'une autre issue.

En marchant vers l'Assemblée nationale elle m'adresse un dernier signe de la main, et je la regarde s'éloigner. Tout dans son corps, sa démarche, le prouve. Elle a trouvé la solution qui l'a fait coïncider et marcher sur ses deux pieds.

Je suis fatiguée, je voudrais aussi trouver mon évidence et m'endormir dans ses bras.

— Toi t'étais la maman, et moi j'étais le papa.

— Pourquoi « t'étais » ? C'est pas du passé ! Si tu veux « faire comme si », il faut dire : « Toi tu serais la maman, et moi je serais le papa. »

— D'accord, toi tu serais la maman et moi j'étais le papa.

Petit tyran de six ans et demi que les imprécisions linguistiques irritaient déjà, quand je jouais au papa et à la maman avec ma copine Manouche.

Aujourd'hui j'ai décidé de jouer à la maman et à la maman. Ou au papa pas là et à la maman, j'hésite.

J'ai décidé de faire comme si j'allais être mère de ce petit fardeau, de le faire exister pour voir ce qu'il me fait.

J'étais enceinte et j'allais accoucher dans quelques mois d'un bébé.

Je serais enceinte et j'accoucherais dans quelques mois d'un bébé, pardon.

Tu m'accompagnes au café, lis le journal avec moi. Descends dans les couloirs du métro, me suis à Pôle emploi, il y a plus sympa comme première sortie, mais je ne voudrais pas que tu prennes trop vite goût à nous. On erre dans les rues, trop timides pour se parler. J'hésite encore entre scruter le monde extérieur pour voir la tête qu'il a dans ces conditions, ou rester tête baissée pour m'extraire de cette réalité, pour qu'aucun lieu ne soit hôte de cette scène ni d'une quelconque intimité entre nous, qu'elle n'ait nulle part où exister.

Mais je me plie aux règles du jeu, faire comme si je t'attendais vraiment.

Alors je fais du tri dans mes mauvaises pensées pour libérer un peu de place et te laisser celle de te déployer. Je te laisse prendre possession des lieux, t'étaler, tu dois te sentir bien libre, d'un coup.

En marchant j'oublie que je marche et pourquoi je le fais, mes pensées vagabondent sans me demander mon avis et souvent elles reviennent à toi, je fais comme si je ne les voyais pas pour qu'elles continuent à te tourner autour, à évoluer indépendamment de moi, je vous laisse faire connaissance, faites comme si je n'étais pas là.

Toute la journée tu es là, subtilement mais intimement, parfois je me surprends à oublier ta présence et quand je renoue avec cette pensée, c'est comme si je rentrais chez moi après un long voyage.

J'arrive même à travailler quelques heures, comme le répit de la sieste accordé à une maman.

Je boucle un article et reviens chercher ta pensée. Elle est chaude et sent le sommeil et le lait.

J'appelle mon amie d'enfance, Manouche, qui vit à Lyon. Elle est bien loin de se douter de tout ça. Je suis célibataire, fêtarde, inconstante, impatiente, les enfants m'agacent vite, d'ailleurs la dernière fois que je suis allée la voir, j'ai menacé ses deux filles d'appeler le Grand Méchant Dutroux si elles continuaient à crier comme ça.

Je l'appelle, donc, et je lui dis. Ça va, ouais et toi, bah non pas trop, pourquoi, je suis enceinte.

« Oh ma belle c'est génial ! »

Je suis plus sur le cul de sa réponse qu'elle, de mon annonce.

Elle ajoute : « Oh bah ça alors, je ne m'y attendais pas, sacrée surprise ! »

Je lui confirme que oui, c'est le moins qu'on puisse dire.

J'en profite pour lui refaire un rapide point sur la situation, un boulot précaire, une chambre de bonne au septième étage, pas de mec, accessoirement, tout ça, tu te rappelles ?

Elle s'excuse, bafouille, hésite, ravale sa spontanéité, on entend presque les mots doux qu'elle voulait dire qui butent contre sa bouche, se justifie, explique qu'elle sait que je voulais avoir un bébé, un jour, que ce jour c'est aujourd'hui, qu'elle n'a vu que cette joie-là, comme si j'étais un enfant qui aurait eu son cadeau de Noël avant l'heure, qu'elle est désolée.

Je lui rétorque que Noël en été ça n'a pas d'intérêt, qu'un enfant n'est pas un cadeau au pied d'un sapin, qu'avoir un bébé maintenant ce n'est pas exactement le bon moment.

Elle s'excuse de sa joie. Me dit que pardon, elle a été bête. Que c'est juste qu'elle trouve qu'il n'y a pas de bon moment pour avoir un enfant. Que ça ne peut jamais être le bon moment pour faire quelque chose d'aussi inconscient. Qu'il n'y a pas de moment pour devenir assez fou au point de décider « ça ». Que c'est toujours trop tôt, et un jour, trop tard.

Je raccroche.

Elle me fait chier celle-là, à me faire aimer sa légèreté.

Quelques jours après, j'ai reçu d'elle un colis, contenant un livre pour enfants. Sur la couverture, le dessin d'un fœtus enroulé sur lui-même, qui doit faire la taille que tu pourrais avoir dans trois ou quatre mois.

Je trouve ça limite d'offrir un cadeau à un bébé à moitié mort. Je le touche du bout des doigts, le carton me brûle, je le trouve indécent, là, entre mes mains. Je le reçois comme on reçoit un bouquet de chrysanthèmes à déposer sur une tombe, sauf que tu n'en auras pas puisque ta tombe sera mon ventre. Je ne sais pas plus quoi faire de ce bouquin que de toi. Alors, dans le doute, à la première page, j'écris : « 19 novembre. Premier cadeau, offert par ta marraine. »

Elle me dit qu'elle a compris tout de suite que je voulais te garder. Qu'elle l'a senti à mes premiers mots, et aux silences qui les séparaient.

Si c'est vrai, elle est la première à avoir su que tu allais exister.

Ton père a été la première personne à savoir que j'étais enceinte. Ta marraine la première à savoir que j'attendais un bébé.

Hier j'étais enceinte. Aujourd'hui j'attends un bébé.
Avant toi je croyais que tout ça voulait dire la même chose.

On pourrait penser à un déclic.

C'est le contraire.

Tout se fait en silence, presque malgré moi.

C'est une évidence qui avance tant qu'on ne le regarde pas.

C'est un, deux, trois, soleil. Moi contre mon choix.

Face à un mur depuis des semaines, les mains posées dessus, je me retourne. Je me retourne la tête, je me retourne dans mon lit, je retourne ma veste. Je ne fais que me retourner.

Mais quand je regarde vers elle la décision s'immobilise.

Elle attend que je lui tourne le dos et que je compte « un, deux, trois… » pour entrer en mouvement et s'aventurer vers moi.

À « … soleil ! », je lui fais face. Elle se fige à nouveau mais je vois bien qu'elle a gagné du terrain.

Je recommence à compter en faisant semblant de ne pas l'entendre s'approcher, elle est de plus en plus près, sans même me retourner je commence à distinguer ses traits. Elle a les tiens, et sentant que ta présence me réchauffe je reste face au mur pour te laisser gagner.

Dans un dernier effort tu parviens jusqu'à moi, c'est un long chemin pour un petit embryon, mais bientôt je sais que tu es là.

L'idée de toi l'a remporté, elle a atteint le mur, et avec elle je me sens enfin coïncider.

Tu es la pièce manquante du puzzle des dernières semaines, la matière qui manquait au mur pour tenir sur ses deux pieds.

Tu es un pot de ciment. Un joli pot de ciment.

C'est mon premier compliment, j'espère qu'il te plaît.

Je tiens un bout d'évidence, un morceau qui me fait du bien.

Alors je le tire par les cheveux pour qu'il vienne tout entier, je ne pense plus à rien sauf à le sortir de là, je ne pensais pas avoir autant de force dans les bras.

Je tiens la tête maintenant je la fais tourner tout doucement, je pousse une dernière fois et ça y est, tu es là.

Je ne regarde plus que dans ta direction, et tant pis si c'est une folie.

Tu es venu vers moi, à moi d'aller à toi. Vivement qu'on se croise, enfin.

J'entre dans l'immeuble en furie, la concierge m'interpelle pour me dire qu'elle a un colis pour moi, je lui dis que pas maintenant, je suis pressée, je monte les sept étages en courant et je souris à l'idée que moi aussi j'ai un colis pour moi, je fais tourner la clé et je prends une feuille et un stylo, pour écrire à mes parents.

Vite, te jeter sur papier, dessiner tes lettres et écrire ton contour. En quelques mots tu existes. « J'ai décidé de garder ce bébé. »

Tu as été conçu sur une feuille A4, blanche, 80 g/m^2, avec un Bic quatre couleurs, en position assise, par un mardi ensoleillé à 15 h 22.

Je n'ai pas voulu envoyer un mail, pour nous laisser un peu plus de temps. Le temps que la lettre arrive, on est que deux à savoir. Toi et moi. C'est notre premier secret, notre première intimité. C'est le pacte qui nous scelle. Je me sens conspiratrice. Pour quelques heures encore, je fais des cachotteries au reste du monde mais je ne m'en fais plus à moi. Si tu savais comme c'est reposant.

Tu te balades actuellement entre le bureau de poste du 7e et la boîte aux lettres d'un quartier cossu de Rouen.

Quand l'enveloppe sera jetée dedans, les dés le seront aussi. J'aurais dû demander un accusé de réception, mais je ne suis pas sûre que ça aurait plu à tes grands-parents.

« Ma chérie,

Nous avons bien reçu ta lettre. Puisque c'est ta décision, nous accueillerons ce bébé comme n'importe quel autre de nos petits-enfants. Nous sommes plein d'inquiétude pour toi, et espérons que tu sauras accepter l'aide que nous te proposerons. Sache que nous serons toujours là pour toi. Nous avons hâte de rencontrer ce bébé et de retrouver sa maman, celle avec qui nous avions une si belle complicité. Nous n'attendons plus que ça, même si nous sortons tous meurtris de cette période.

Nous t'embrassons très très très très fort.

Papa »

Et, en petit, de la même écriture : « Et maman, qui travaille et n'aime pas écrire. »

Sous-entendu : « Et maman, qui finira bien aussi un jour par penser comme moi. »

Un peu plus tard, une infime précision, par mail. Elle ne veut pas que je le dise trop vite, y compris à mes sœurs. Pas avant une semaine, pas avant « les trois mois ». Et aimerait beaucoup qu'on parte en week-end samedi. Celui-là je ne peux pas, mais après, oui. Elle insiste. « Maintenant. J'ai dit maintenant. Pas dans un mois. »

Impression écœurante qu'elle espère un revirement de situation. Qu'elle me tend un piège pour me faire changer d'avis tant qu'il est encore temps.

Si je me trompe, je suis un monstre.

Si ce n'est pas le cas, elle en est un.

Après un rapide échange, elle conclut en disant qu'elle regrette qu'une fois de plus je n'aie pas pris la peine d'écouter ce qu'elle me disait. Ni elle ni tous ceux qui partageaient son avis.

À cinq ans, écouter les adultes équivaut à leur obéir. De cinq à vingt-cinq ans s'écoule un temps bâtard, où les printemps passent mais les mots se figent.

Bon ben, installe-toi… Fais comme chez toi…

Accroche-toi.

Qu’on n’ait quand même pas fait tout ça pour rien.

Il reste six jours avant le cap des douze semaines. À la fois délai légal d'IVG et diminution des risques de fausse couche.

Pour la première fois, je regarde dans la même direction que les autres futures mamans.

Avec la même angoisse et le même empressement, mais pas pour les mêmes raisons. J'ai hâte qu'il soit trop tard pour faire marche arrière.

Alors en attendant j'évite de bouger la tête pour que mes idées restent en place.

Aucune nouvelle du front de ton père.

Son silence n'est ni haineux ni compatissant.

Il est, et c'est déjà pas mal.

Du haut de mon angoisse, je le vois comme un cadeau. Si j'étais un tout petit peu plus con, je dirais que c'est sympa de sa part de ne pas me mettre de pression.

Il me laisse tranquillement face à mes démons, mais aussi face à mon choix.

Impossible de le haïr ou de le blâmer tant qu'il n'intervient pas pour me détourner de moi, et de mon envie de toi. La liberté qu'il me laisse me donne ce pouvoir étrange d'être capable de le transformer en salaud en un coup d'aspiro.

Si j’ai une cigarette ? Non, je ne fume pas je suis enceinte.

Me servir un verre de vin ? Non merci, je ne peux pas je suis enceinte.

L’heure qu’il est ? Désolée, je ne sais pas je suis enceinte.

Où est la rue du Bac ? Aucune idée, parce qu’en fait, je suis enceinte.

Tout à l'heure j'entre dans la boutique Bonpoint de la rue de Grenelle. Une jolie vendeuse brune vient demander si elle peut m'aider.

— C'est pour un cadeau ?

— Non, pour moi, je suis enceinte.

À ce stade j'ai été un peu vexée qu'elle n'appelle pas sa responsable pour me tomber toutes les deux dans les bras en disant que c'est formidable.

Je prends un minuscule gilet en cachemire, taille un mois.

Elle me fait remarquer qu'en été il y a peu de chances qu'il me serve beaucoup. J'envisage de lui faire remarquer qu'elle pourrait se mêler de ses affaires.

Elle me le propose en six mois, pour l'automne. Je dis non.

Elle me le propose en coton, pour l'été. Je dis non.

Elle comprend que j'ai fait un blocage sur ce cachemire, dans cette taille-là, et finit par céder, vaincue. Je sors, triomphante.

Je trouve que ça nous va bien de commencer tes achats par une folie.

Tu es né la première fois au 82, rue de Grenelle, sur un ticket de caisse d'un montant de 124 euros.

À ce prix-là, il est trop tard pour faire marche arrière.

Pour prévenir mes amis les plus proches, un café. Un coup de fil. Un mail. Un texto. Perle après perle, j'enfile des bouts de toi et construis une parcelle de ta peau.

J'en suis aux cuisses, à peu près (j'ai commencé par tes pieds).

Chaque personne mise au courant me rapproche un peu de toi. Mais en t'annonçant je sens comme un problème dans l'espace-temps. Tant que l'embargo des douze semaines n'est pas levé, je balade mes nu-pieds en hiver et ma doudoune en été.

Plus que quelques jours à me sentir hors saison.

Ton père ne sait pas que tu seras bientôt là.

Tant qu'il te croit peut-être dans le fond de ma cuvette, il n'y a aucun lien entre ta présence et son absence. C'est moi qu'il a quittée, pas nous.

J'aime bien, on dirait une petite rupture comme les autres par un mardi gris de novembre.

Je suis en train de fumer une cigarette à la fenêtre – c'est que j'ai une réputation de mère célibataire à tenir, moi – quand j'entends que j'ai reçu un mail. C'est lui. J'aurais presque envie de dire que c'est fou, justement je pensais à lui, mais ce serait complètement con parce que je pense tout le temps à lui.

Il me dit qu'il n'en peut plus de ne pas savoir. Qu'il ne pourra pas passer des mois ni des années à se demander si quelque part, un enfant de lui court dans la nature. Il dit qu'il est allé lire des forums de mères célibataires (c'est mignon, tu ne trouves pas ?) et répète que je dois bien savoir qu'il n'a pas l'intention d'assumer ce bébé, de quelque manière que ce soit.

Je l'imagine derrière son ordinateur, rechargeant frénétiquement la page, alors je fais vite, pour mettre fin à son supplice. J'écris « J'ai décidé de garder ce bébé », j'efface, et je corrige : « J'ai décidé de ne pas me séparer de ce bébé », pour marquer la continuité, même si je sais que la subtilité lui échappera, que la seule chose qu'il verra, ce seront ces dix mots assassins, à partir desquels sa vie ne sera jamais plus comme avant.

J'ajoute « J'ai bien compris ta volonté de ne pas assumer cette situation, et j'agirai en conséquence, seule », et j'envoie.

Quelques secondes plus tard, je peux presque entendre le bruit qu'il fait en se levant d'un bond et en donnant un coup de pied dans le tabouret. Il se penche pour relire, trois fois, pour être bien sûr. Se lève à nouveau en criant « ET MERDE ». Se rassied, relit encore, prend sa tête entre ses mains, et agrippe avec ses doigts les mèches de ses cheveux. Se redresse, ouvre la fenêtre pour respirer mieux, allume une cigarette en regardant vers le jardin, ne la trouve d'aucune aide, retourne devant l'ordinateur, laisse ses doigts quelques secondes en suspens au-dessus du clavier, et écrit.

« OK. Ceci met définitivement fin à nos échanges. »

Je le connais comme si je l'avais aimé. Ce n'est pas un chantage, c'est une dernière mise au point. Il me demande de réaliser. Croit qu'en le voyant écrit noir sur blanc, je mesurerai l'ampleur du carnage et de ma décision.

Il brandit notre couple et sa fin, comme s'ils pouvaient avoir une importance quelconque en ce moment. Comme si ne plus jamais le voir pouvait d'une façon ou d'une autre me faire revenir à la raison, influencer ma décision.

Je trouve qu'il a une bien haute estime d'une si petite histoire. Il n'a pas l'air d'avoir compris que j'ai intégré cela depuis longtemps, que je me fous de notre couple comme des règles du hors-jeu, que ce qu'on formait ne fait pas le poids par rapport à ce qui se forme en moi.

Que depuis qu'il a claqué la porte il n'est plus qu'un détail de notre histoire.

Qu'il pourrait me décrocher la Lune ou un poing dans la gueule que ça ne changerait rien à ma décision, que le seul couple qui m'importe aujourd'hui, c'est toi et moi.

Alors je lui dis : « Oui, j'ai bien compris. »

Il répond : « OK. Prends soin de toi. »

Je dis : « Je prendrai soin de nous. »

Et avant d'envoyer, je joins une image sur laquelle on peut lire une citation de Milan Kundera : « Un événement n'est pas disqualifié par son caractère accidentel, au contraire c'est le hasard qui lui donne sa beauté, sa poésie. » Dans le fond il y a un nuage bleu, et c'est écrit en Comic Sans MS. Bref, c'est horriblement kitsch.

Quand je te dis que je me fous maintenant de ce qu'il peut penser de moi.

Conformément à la demande de notre mère, Bertille, la plus grande de mes deux sœurs, qui vit en Belgique, n'est toujours pas au courant. De toute façon, je voulais annoncer la nouvelle de ma grossesse en face à face. Surtout je voulais lui parler de toi en souriant, une fois ma décision prise, pour te présenter comme ce que tu es (la plus belle chose qui me soit arrivée), qu'elle me dise combien elle est heureuse pour moi, qu'on mélange nos morves de joie en se serrant dans les bras, que le monde entier s'en émeuve et que quelqu'un, au fond, ait pensé à filmer la scène pour qu'on se la repasse ou qu'on la balance sur YouTube. Qu'en nous voyant si heureuses les femmes ovulent sur-le-champ, que je te montre la vidéo dans quelques années et que ça te rende fier de voir ce qu'à 8 centimètres seulement tu étais capable de déclencher.

Alors dans le café où je lui avais donné rendez-vous, je l'ai attendue un peu fébrile et impatiente, j'avais les mains qui tremblaient et des papillons dans le ventre, tu comprends je ne suis pas habituée à ce qu'on me pleure de joie dans les bras. Mais quand elle est arrivée, j'ai bien vu que quelque chose n'allait pas. Elle s'est assise et a dit : « T'as pas quelque chose à me dire ? » J'ai répondu : « Euh, si, justement, j'y venais » mais subitement j'ai senti qu'elle m'avait coupé l'herbe sous le pied et que ça n'aurait plus le même effet.

Elle a éclaté en sanglots en disant que c'est les parents qui lui avaient dit et que vraiment, vraiment, elle aurait préféré que ce soit moi, elle croyait quand même qu'entre nous il y avait de la confiance.

J'ai regardé sa morve couler en me disant que j'avais décidément tout foiré.

Heureusement pour nous, il n'y avait personne qui filmait.

À mes parents, j'exprime mon regret qu'ils lui aient dit.

Ils sont sidérés. Je ne vais quand même pas être célibataire, enceinte, et pointilleuse.

Je leur demande de me laisser l'annoncer moi-même à Fanny, mon autre petite sœur, née deux ans après celle qui n'est jamais revenue à la maison. Elle est depuis quelques mois jeune fille au pair en Irlande. Ils m'arrêtent : surtout pas. Elle est loin, fragile, cette terrible nouvelle la détruirait.

J'obéis, plombée un peu plus encore par l'ombre qu'ils s'obstinent à mettre au-dessus de toi, par la tache noire qu'ils répandent sur ta toute petite vie, et à chaque coup de fil que je ne passe pas vers Dublin, j'accepte dans mon obéissance soumise ton statut de *terrible nouvelle*.

La douceur est inhabituelle pour un début de mois de décembre. Les gens en terrasse jettent des œillades vers le ciel, comme pour vérifier qu'il ne leur prépare pas une mauvaise blague.

Les éléments naturels se sont concertés pour me faire la vie plus douce. Ils marchent sur la pointe des pieds pour me conforter dans mon choix. Sous un rayon de soleil inattendu plus rien ne semble compliqué, même la vie avec toi. Surtout la vie avec toi.

Le lendemain, un froid glacial s'abat sur Paris, comme pour me rappeler que tout n'est pas si simple.

Sur mon agenda à la date de demain il y a un petit point. Je l'avais dessiné en rouge, après avoir compté les jours qu'il me restait avant de choisir. Ça me semble si loin que je m'étonne que l'encre tienne toujours.

Cette date aurait pu être celle d'un rendez-vous à l'hôpital. La veille, j'aurais passé la soirée seule, gorge nouée et peur au bide. J'aurais découvert que l'angoisse pouvait flirter avec le soulagement. Je me serais endormie en pensant à ce que je raterais, et à ce que je gagnerais, en espérant ne pas faire de connerie. J'aurais eu un peu la nausée, et hâte d'en finir de ces trois derniers mois. J'aurais regardé avec impatience le jour où je pourrais enfin me relever.

Finalement, j'en suis là. Mais au moment de me relever, je serai juste un peu plus lourde que si j'avais rendez-vous demain.

Les gens disent que l'amour ne se commande pas, c'est faux. Il est né à mon feu vert, au bruit qu'a fait mon réveil en sonnant ce matin-là.

Il était 8 h 13, parce que je voulais que ça nous porte bonheur.

Je suis restée dans mon lit les yeux ouverts, et je suis venue t'embrasser timidement dans les eaux où tu nages.

Je ne voulais pas te réveiller mais j'ai déclenché une tempête. J'avais ouvert les vannes et je ne pouvais plus m'arrêter de venir te déranger, les vagues que je causais ont débordé de partout, d'amour, de culpabilité, de peur, de soulagement, je les sentais gronder dans mon ventre et elles sortaient par mes yeux.

Je les ai laissées couler, jusqu'à l'épuisement, et bercés par le vent qui avait fini par se fatiguer, ensemble on a fait notre première grasse matinée.

Sous la douche j'ai lavé mon ventre de tous ces jours d'avant. Après trois mois à éviter soigneusement son contact, il s'est laissé faire en redécouvrant des sensations oubliées, celles d'une main sur lui pour lui tenir compagnie.

J'ai mis mon tee-shirt noir, celui qui, si je force un peu, peut suggérer que je t'attends aux passants qui ne le remarqueront pas.

On est sortis un peu sonnés par tout ça. J'avais encore dans la gorge les sursauts des gros chagrins, ceux qui ont un goût d'enfance et de peine fraîchement consolée.

Je voulais voir la tête que le monde a maintenant qu'il sait que je vais te garder. Je baisse les yeux un peu pour garder la surprise, et quand je les relève le décor me paraît flou, irréel. Le monde est plus gai depuis qu'il te connaît. Maintenant qu'ils savent, même les immeubles ont changé, ils se dressent grands et forts, et on dirait qu'ils me sourient.

Trois mois de retenue, d'émotions contenues. Je lâche tout, comme une amoureuse qui aurait retenu ses élans trop longtemps, et qui d'un coup dirait tout, donnerait tout, jusqu'à l'épuisement, jusqu'à l'étouffement.

Je fais mon coming out. Je passe aux aveux. Je me libère d'un secret. J'officialise notre union. Je quitte mon foyer pour vivre mon idylle au grand jour. Je suis fébrile comme une maîtresse qui n'aurait plus besoin de se cacher. Je veux tirer un trait et rattraper le temps perdu, et pour noyer les doutes que tu n'as sans doute pas je te répète à longueur de journée que c'est mieux comme ça et que je ne regrette rien. Je rattrape en quelques heures les mois d'amour que je te devais. Les bons comptes font les bonnes mamans.

J'en fais des tonnes et je suis partout en toi, autour de toi, sans relâche je reviens t'assaillir, t'assiéger, te toucher, te caresser, je ne te lâche plus d'une semelle, ne te laisse aucun répit, je suis harcelante, infatigable, envahissante, répétitive, épuisante, obsédée, chiante, lancinante, folle à lier.

Si je m'écoutais, pour cette première soirée ensemble je t'emmènerais au resto et je t'achèterais une fleur, je t'empêcherais de dormir en te disant des mots d'amour, j'en rajouterais des tonnes pour que tu n'aies plus jamais peur.

Mais je ne le fais pas, je ne voudrais quand même pas paraître excessive.

En m'endormant tôt, le soir, je sais que je viens de tourner une page. Elle a ton nom et tes traits, que j'aime déjà alors que je ne les connais pas.

Je viens de tomber dans une autre vie, de basculer de l'autre côté, d'endosser une autre identité. Car maintenant quoi qu'il arrive, y compris le pire, j'aurai été maman, au moins pour une journée.

Je n'ai finalement pas de rendez-vous à l'hôpital, pas d'examen de contrôle. J'ai l'impression de faire l'école buissonnière, d'être passée par la petite porte. J'ai séché l'avortement.

J'ai rendez-vous avec toi et pour ça je n'ai aucune formalité à accomplir. Aucune démarche à faire pour continuer.

Si vous souhaitez interrompre la grossesse, veuillez vous présenter à 11 heures, hall 1, couloir B, munie d'une pièce d'identité, de la lettre de votre médecin et de votre carte Vitale. Si vous souhaitez la poursuivre, prière de continuer votre vie comme si de rien n'était. Vous pouvez aller au ciné, au resto, dormir un peu, ou même regarder une connerie à la télé.

C'est maintenant trop tard pour avorter en France.

Alors qu'est-ce que t'en dis ? Tu restes là ou on part en Espagne ?

Personnellement, je ne suis pas très voyage.

Je ne suis pas très voyage mais je t'emmènerai voir la mer.

Il n'y aura personne, on regardera les vagues gronder en demandant quand c'est l'été, on aura froid et je t'enroulerai dans un gros plaid.

On sera entre octobre et février, complètement hors saison, pour se rappeler que le bon moment n'est pas toujours celui qu'on croit.

Après cette nuit de trois mois, j'ai la notion du temps engourdie. Ce matin, à la fenêtre, on me dit que c'est bientôt Noël. Je regarde les illuminations dans les rues et je me demande si elles me narguent ou me rassurent en me rappelant que le temps ne s'est pas arrêté pour moi.

Au fil des jours et des rues le décor m'absorbe, et en m'y laissant glisser bientôt la vie reprend ses droits. Tu n'es plus ma seule obsession, je recommence à avoir froid ou chaud. Je retrouve mes vieux réflexes d'avant toi, marcher dans la rue en regardant les fenêtres pour tenter de percer les secrets de l'intimité des autres, éviter par superstition les jointures des pavés. Je recommence à comparer les prix du litre de lait et à plier mes tickets de métro en accordéon. Je me fais les ongles en tirant la langue pour ne pas dépasser, et quand je dors il semblerait que je ne rêve pas que de toi. J'ai comme l'impression que je reviens à moi.

Ce matin, moment de pur bonheur en m'habillant : j'ai eu du mal à fermer mon jean.

Toute ma fierté et mon bonheur sont contenus là, dans la résistance de deux bouts de denim qui peinent à se rencontrer.

Il n'a pas tort ce jean, c'est vrai que j'ai pris du ventre. C'est le premier à le remarquer, entre nous deux ça crée une sacrée connivence.

En forçant un peu je parviens à le fermer, et un léger amas de graisse se forme juste au-dessus de la ceinture. Je n'ai jamais regardé un bourrelet avec autant de tendresse, d'ailleurs je crois que c'est le bourrelet le plus aimé de l'histoire des bourrelets.

Devant mon miroir je prends des poses et des photos, pieds nus et bouton ouvert en ressortant le ventre au maximum, et en décidant de l'enlever pour pas que tu te sentes bâillonné, j'ai cette pensée qui me bouleverse.

La prochaine fois que je le mettrai, je connaîtrai ton visage. Je me promets que ce jour-là j'irai t'embrasser, et pour ne pas oublier je glisse dans la poche un papier sur lequel j'ai griffonné un cœur et la date d'aujourd'hui.

Aujourd'hui on a rendez-vous pour ta première échographie officielle. Pas celle où je sortirais le cœur en miettes parce que le tien bat. Celle qu'ont aussi les autres mamans, les normales, les aimantes dès le début.

On est dans la période limite pour la faire. Le mauvais départ que j'ai pris est écrit partout dans ma précipitation et j'ai envie d'être enfin dans les temps. Alors j'ai pris rendez-vous à la première heure, j'ai prévu large pour le trajet, et on a attendu ensemble cinquante minutes sur le trottoir gelé.

Le cabinet et le docteur sont toujours grands et accueillants, et ils sentent le doute de la dernière fois.

Il me dit qu'il me trouve changée, je lui dis qu'en effet j'ai pris pas mal de poitrine. Il dit mais non, pas ça, quelque chose dans les yeux, je lui réponds que ce qu'il voit, c'est toi. Il dit que tu me vas bien.

J'ai l'impression de trouver un appui. Un grand soutien d'un bon mètre quatre-vingts. Il a l'air tellement confiant que je voudrais installer un matelas dans son cabinet ou lui demander de m'épouser. Son seul souci est de savoir si ton cœur bat toujours, et si tu te nourris bien. Il s'inquiète pour toi, te considère exactement comme les autres bébés, et ses yeux qui sourient en regardant l'écran me donnent envie de pleurer. De reconnaissance, d'amertume, de joie, de tristesse, d'évidence, de soulagement, merde mais c'est ça que tu mérites, ni plus ni moins, qu'on se soucie que ton cœur batte et que tu te nourrisses bien.

Sur l'écran tu n'es qu'une petite tache blanche mais en quelques secondes tu prends forme et je distingue l'impensable. Des jambes. Un dos. Des fesses minuscules. Des bras et même des mains au bout. Je m'attendais à voir un point qui bat, je vois mon bébé en modèle réduit, la miniature de toi.

Tu te tiens bien droit, tu flottes sur le ventre, fier, ta tête est un peu disproportionnée mais ne t'inquiète pas je suis sûre que tout rentrera dans l'ordre.

Tu es là, léger, aérien, indifférent à tout ça, trimballant ta grosse tête et ta petite vie comme si tout était normal.

Je ne peux pas détacher mes yeux de l'écran et mes oreilles du son qu'il produit, j'entends des bruits de vague et celui de ton cœur qui bat, c'est exactement comme si j'étais avec toi.

D'ailleurs j'ai l'impression que tu me vois, merde si j'avais su je me serais faite belle, j'ai tellement de choses à te dire mais le docteur est toujours là, alors je me concentre très fort pour faire passer les émotions, je les imagine descendre jusqu'à toi, tu décroches le cordon pour entendre ma voix.

C'est à ce moment précis que tu fais un bond qui me fait sursauter. Je ne sens rien mais je le vois, là, sur l'écran, ton mouvement maladroit et rapide de poisson qui reprend son élan, tes jambes se sont pliées puis étendues à nouveau, je fais des « oh » et des « ah », je dis « il a bougé vous avez vu il a bougé », et comme pour me donner raison tu bouges encore une fois et sembles te tourner vers moi, et je pourrais jurer qu'avec les doigts que tu n'as pas tu formes le « V » de victoire pour me dire qu'on y arrivera.

L'obstétricien m'a fourni un dossier avec des infos sur ton rythme cardiaque, tes dimensions. Sitôt rentrée je file sur Internet pour vérifier que tout va bien. Peut-être qu'il n'a pas osé me dire que tu seras nain ou manchot ?

J'ai tellement peur que tu sois raté.

Ou réussi qu'à moitié.

J'espère que ça sera la mienne, au moins.

Ta photo trône au-dessus de mon bureau.

Sauf le respect que je te dois, tu ressembles quand même beaucoup à un têtard.

Il y en a qui tombent amoureuses d'un crapaud qui devient prince charmant.

Je suis tombée raide dingue d'un têtard qui deviendra mon enfant.

L'obstétricien a noté « vitalité +++ ». En écrivant il a levé les yeux vers moi en me disant « un futur footballeur celui-là ».

Depuis, je brûle d'envie d'envoyer un message à ton père pour lui rapporter cette information capitale.

À la fois consciente et honteuse de l'espoir vain et puéril d'éveiller alors sa fierté et de marquer des points.

Pauvre fille.

« Ah, il a bougé trois fois à l'écho ? Génial ! Bon bah bouge pas, je reviens, finalement. Vous me manquez, mes amours. »

Pauvre conne.

HIVER

On avait prévu depuis longtemps d'aller voir ma sœur Fanny en Irlande, avec mes parents et Bertille. Elle n'est toujours pas au courant de la *terrible nouvelle*, que j'envisage de lui annoncer avec des serpentins et un nez de clown pour montrer à mes parents qu'elle ne l'est pas tant que ça.

À l'aéroport, au moment d'embarquer, on passe sous le portail de sécurité et puisque je sonne, une femme s'approche et commence à me palper. Épaules, bras, hanches, jambes, puis elle remonte, cuisses, ventre. Elle y pose une main, puis une deuxième, constate son petit relief, lève les yeux vers moi, je lui souris, elle me rend mon sourire.

Elle a cru que tu étais une bombe, finalement elle n'est pas si loin de la vérité.

Les autres, de l'autre côté du portail, ont assisté à la scène.

Je les rejoins et ma sœur Bertille me dit en souriant : « Elle a remarqué que tu étais enceinte ? » Je suis tellement fière, je dis que oui, et que c'est la première fois que quelqu'un te remarque.

Ça n'a pas l'air du tout d'amuser ma mère, qui m'adresse un regard agacé avant de tourner les talons.

Je la suis. Triste, morveuse.

Dégoûtée d'avoir laissé quelqu'un gâcher une de tes premières fois.

J'ai voulu attendre le soir, qu'on soit tranquille, pour annoncer ta venue à ta tante.

Toute la journée j'ai bu des bières non alcoolisées en les faisant passer pour des vraies, et elle s'est étonnée qu'après sept pintes je ne danse toujours pas nue sur la table.

Elle faisait tout pour essayer de détendre l'atmosphère qu'elle sentait lourde, et dans ses élans qui tombaient à plat on sentait la déception que ce jour-là ne soit pas à la hauteur de ce qu'elle avait espéré.

Alors qu'on marchait sans se parler sur Exchequer Street, elle est venue me voir pour me demander ce qu'il se passait. Je lui ai dit que ce n'était rien de grave, que je lui expliquerais ce soir.

De retour à l'hôtel, les parents sont allés se coucher tôt, prenant bien soin d'ajouter qu'ils n'étaient pas en forme, et extrêmement fatigués. S'il y a une justice dans ce monde, quand j'accoucherai, c'est eux qui auront les contractions.

On s'est retrouvées entre sœurs, toutes les trois sur la terrasse à fumer une cigarette. Bertille attendait que je lâche le morceau et qu'on soit enfin toutes dans la confidence. J'ai pris une bouffée et de l'élan et j'ai dit à Fanny : « Tu fais quoi, début juin prochain ? » Elle m'a demandé pourquoi. « Si t'es de retour, tu pourras venir me voir à la maternité ? » Elle a ouvert les yeux en grand et a dit quelque chose comme « Toi ? Non ! C'est pas vrai ! Mais c'est qu… Oh mais putain. Oh mais j'y crois pas. Oh mais bravo » et m'est tombée dans les bras en pleurant, et c'est la première fois que j'essuyais des larmes de joie.

Quelques minutes plus tard, chacune dans notre lit, on réfléchissait toutes les trois à ton prénom. On s'est mises d'accord sur le fait qu'il fallait en trouver un qui fasse bien chier les parents. Alors qu'on hésitait entre Désiré et Karima Pa'd'Papa, des fous rires nous tordaient le bide, qui devaient parvenir étouffés à tes pauvres grands-parents qui passaient à côté de tout ça.

Retour à Paris, grosse angoisse à l'idée d'appeler ma grand-mère pour lui annoncer que je suis enceinte. Rien à voir avec une quelconque peur de son autorité ou de celle qu'elle représente en tant que grand-mère. C'est la peur de lui faire peur, de l'attrister. Ou plutôt de la décevoir, de ne pas être à la hauteur. À sa hauteur.

Il faut dire qu'avec elle la barre est haute. Mère de six enfants, un mari qui l'aimait aussi fort qu'il est possible d'aimer. J'aurais tellement voulu lui présenter un homme, un jour, et que sans rien me dire par pudeur ses yeux trahissent la joie qu'elle aurait eue de me savoir entre de bonnes mains.

J'aurais aimé cela pour qu'elle sache qu'elle m'avait transmis cette envie-là. Envie d'un couple solide, d'une famille unie. J'ai peur qu'elle prenne mon annonce comme un désaveu. Qu'elle croie que je n'y crois pas.

Je la sais fragile en ce moment. Je redoute ces pleurs, et mon impossibilité à la consoler. Finalement dans cette histoire, ce qui est le plus dur pour moi c'est la peine que je cause. Alors je compose son numéro, tremblante, et je force un peu ma joie pour lui demander comment elle va. Elle me parle de ma nièce, sa future arrière-petite-fille. Me dit qu'elle arrivera bientôt, qu'elle a hâte de la voir.

J'enchaîne maladroitement.

— Alors justement mamie, j'ai quelque chose à t'annoncer. Moi aussi je vais avoir un bébé.

— Ah ? Ça alors ma chérie, je ne m'y attendais pas.

— Moi non plus pour tout te dire. Il naîtra début juin.

— Ça sera mon huitième arrière-petit-enfant tu te rends compte ? Tu n'es pas trop fatiguée ?

— Euh non… Bon mamie, tu dois te demander qui est le papa puisque je ne t'ai jamais présenté personne.

— Disons que je me doute que tu ne l'as pas fait toute seule.

— Décidément je ne peux rien te cacher… En fait on n'est pas… Enfin il ne sera pas… Enfin…

— Tu es heureuse ?

— Oui.

— C'est tout ce qui compte. Prends soin de toi ma chérie.

Tu auras de la chance de croiser cette grande dame-là.

J'ai entendu aux infos qu'à Dubaï, un requin-zèbre avait donné naissance à des bébés sans avoir eu le moindre colocataire masculin, et donc le moindre rapport sexuel. Ce mode de reproduction s'appelle la parthénogenèse. Si mon autre grand-mère était encore en vie, je pense que j'aurais tenté cette explication-là. Elle croyait bien à la Vierge Marie, après tout.

Je pars chez mes parents à Rouen, pour les fêtes de Noël. Il y a une couronne de l'avent accrochée à la porte, des odeurs de sapin et une cheminée qui font semblant que c'est un Noël comme un autre.

J'ai souvent fait ce rêve d'arriver en chaussons à l'école.

Aujourd'hui, même sensation d'angoisse de ne pas être au bon endroit, au bon moment. J'arrive chez mes parents pour fêter Noël, enceinte et seule, et j'ai envie de me réveiller.

On parle de la pluie et du beau temps, de tout sauf de toi, mon tout petit tabou. Mais je pense à toi tout le temps, un peu comme si dans une soirée de grands je voulais que tu te fasses discret, mais que je ne te lâchais pas la main pour que tu ne te sentes pas de trop.

La glace est brisée dans les deux derniers paquets-cadeaux que j'ouvre distraitement. Dans le premier, un petit livre sur la maternité. Il est offert par Bertille, et dédicacé par elle. Elle dit qu'il y a de bons conseils, mais qu'au fond elle sait que les meilleurs viendront de moi. Autour de la table, le livre passe de main en main. L'autre paquet est un petit pyjama de naissance. Le premier cadeau de ta grand-mère. En voulant recouvrir ton corps, elle accepte sa présence, tes contours. Je les embrasse toutes les deux. Soulagée, comblée, comme libérée d'un grand poids. Je suis enceinte et on m'offre des choses qui ont à voir avec toi. J'ai donc le droit d'être maman.

31 décembre. Lola a organisé un réveillon chez elle. Il y aura du champagne, des mecs célibataires, du foie gras, et plein d'autres choses cool auxquelles je n'ai pas le droit.

En regardant dans mon placard pour choisir ma tenue, je réalise que je vais avoir du mal à rivaliser avec les autres nanas. Celles qui ont le ventre plat et la vie devant elles. Ça fait un mois que j'alterne entre deux pantalons de grossesse. Et dans mes petits hauts d'avant, je dois choisir entre me couvrir les seins ou le nombril.

Tu ne peux pas savoir la fierté que c'est chaque fois que je ne peux pas fermer un vêtement ou en recouvrir correctement mon ventre. Je fais semblant de soupirer, pour faire croire par coquetterie à mon reflet que je me trouve trop grosse.

Alors ce soir je me rabats sur la seule chose un peu habillée dans laquelle je rentre encore. Une robe en laine assez serrée et l'accessoire qui change tout : toi qui pointes fièrement juste derrière mon nombril.

En arrivant à la soirée on me complimente sur ma tenue et ma bonne mine. Je sais bien que tout ça, c'est grâce à ton relief, et que je serais arrivée avec les cheveux gras et une plume dans le cul qu'on m'aurait dit la même chose.

On me parle gentiment, on m'interdit de me lever, on me prend avec des pincettes.

Je bois une coupe de champagne à minuit. Tout le monde se penche à la fenêtre pour crier bonne année. Je reste assise, à l'écart, et je pense au prochain réveillon où, un peu éméchée, je viendrai t'embrasser dans ton lit à barreaux en pensant qu'il y a un an, j'étais en train de culpabiliser parce que je buvais une coupe de champagne et que je ne t'avais pas donné de papa.

Ces derniers temps, en quittant un lieu, j'ai toujours l'impression d'avoir oublié quelque chose. Je tâte par réflexe ma poche, mon sac, à la recherche d'une présence que ma conscience n'identifie pas, et avec la sensation diffuse de devoir penser à ramener un truc important.

Puis je réalise que ce truc, c'est toi. Je ne t'ai pas encore intégré, je te porte comme on porte un sac à main. Du bout des bras, en dehors de soi. Mais comme je serais bien triste et perdue sans toi, je vérifie toujours que je ne t'ai pas oublié quelque part.

Il faut que je m'habitue à toi. Il faut que tu m'habites.

Il faut que je m'habitue à ce que tu m'habites.

Quand on répète ça plusieurs fois on dirait une scène de porno, c'est dommage, je voulais plutôt faire de la poésie.

Ce matin, j'ai retrouvé Lola, Charlotte et Marie pour aller voir une expo. Je m'étais réveillée en retard, je n'avais plus de café, j'avais froid et envie de dormir, bref, j'étais d'une humeur massacrante. J'ai fait la gueule toute la matinée, et quand l'une d'elles a fini par me demander, avec la voix la plus douce de toute l'histoire des voix : « Ça va ma belle ? », j'ai répondu : « Bah non ça va pas tu vois, et tu sais pourquoi ? Parce que je vais avoir un bébé dans quelques mois et que j'ai pas de mec pour aller avec, ça irait, toi, dans des circonstances comme celle-là ? »

Elle a hoché la tête en disant : « Non, bien sûr, pardon. »

Je me suis dit que la grossesse et le célibat avaient bon dos quand on était d'une humeur de chien parce qu'on avait froid et plus de café.

On me contredit beaucoup moins depuis que je suis enceinte.

Règle numéro 1 : une femme enceinte a toujours raison.

Règle numéro 2 : surtout si elle est célibataire.

Vacances en Bretagne. J'ai quatre ans, puis cinq, puis six, puis douze. Il y a les grandes tablées à midi, toutes générations confondues, oncles, tantes, cousins, et notre grand-mère, son odeur d'Eau de Rochas, son teint bruni par le soleil. Le sable dans les draps, le soleil qui tape un peu trop fort, les glaces et le bruit des vagues, le brouhaha des gens et les cris des enfants. Le retour, la salle de bains qui sent l'amande douce, les douches orchestrées par les parents et expédiées en quelques minutes, c'est que c'est l'heure de l'apéro quand même. Les vêtements propres, l'odeur de la Biafine, le saucisson et le jus d'orange jusqu'à l'écœurement, le nez rosi, les jeux de société pendant que les adultes en prennent un petit dernier, puis un autre, le goût des coquillettes et du jambon, la fatigue qui monte et contre laquelle on lutte puisqu'on s'est juré de faire une nuit blanche dans le dortoir, puis le moment délicieusement coupable où on choisit de trahir nos projets.

J'ai aimé nager en plein cliché. Aujourd'hui encore il n'y a que ça pour me rassurer. Ces scènes prévisibles et répétitives où rien ne dénote, où tout est écrit d'avance.

Je te promets de t'offrir à la pelle des clichés rassurants, dans lesquels tu pourras te réfugier comme dans des draps propres, des souvenirs qui nous font tenir aussi droits que quand on est bordé très serré, qu'on ne peut plus bouger, et qu'on ne s'est malgré tout jamais senti aussi libre, puisqu'on n'a plus peur de rien.

Je t'offrirai des clichés de famille monoparentale, des réveils tous les deux dans un grand lit qui nous paraîtra un peu vide, des fêtes des mères aux sourires émerveillés devant d'horribles colliers en coquillettes, des fêtes des pères discrètement passées sous silence, des retours de maternité dans un silence apeuré, des week-ends enfant roi avec virées dans les magasins de jouets, où tu sauras bien, quelque part dans ta tête d'enfant, que je remplis le Caddie pour tenter de combler le vide.

Il y a ceux qui ont su avant que ton destin ne soit fixé. Pour ceux-là, c'est une déclaration un peu gâchée, un faire-part en demi-teinte. J'ai la joie de vous annoncer que finalement je vais le garder.

Et il y a les autres, ceux qui ne savaient pas.

À eux je voudrais réserver un effet d'annonce à la hauteur, et qu'ils t'offrent un accueil triomphal.

Ce n'est pas encore tout à fait ça.

En général d'abord ils croient à une blague (ce qui me fait un peu douter du niveau présumé de mon humour). Puis ils disent : « Mais… Je veux dire… Enfin… C'est… Il y a… ? », ce qui veut dire, grossièrement : « Mais c'est qui le père, et comment tu vas faire ? »

C'est normal qu'ils s'inquiètent, mais je voudrais juste que le monde comprenne que tu es une bonne nouvelle.

L9, Pont de Sèvres – Mairie de Montreuil. Les stations défilent : Richelieu-Drouot, Grands Boulevards, Bonne Nouvelle.

Chaque fois que je passe à cet endroit en métro, je pense à toi et je me jure qu'ici, quand tu seras là, je serrerai ta main un peu plus fort que d'habitude sans t'expliquer pourquoi.

Ce que je sais : que tu naîtras à la fin du printemps, que tu porteras un jour un gilet en cachemire hors de prix taille un mois et qu'il te tiendra trop chaud, que ton papa ne sera pas là, que je ferai tout pour que ça ne soit pas trop lourd, que je ne ferai sans doute jamais assez, qu'un jour tu me le reprocheras, que je te dirai de filer dans ta chambre avant de venir t'y embrasser en te faisant croire que ça ne compte pas tant que ça.

Ce que je ne sais pas : si tu seras heureux.

C'est finalement bien égoïste tout ça.

Je dis « papa » pour minimiser l'angoisse, parce que ça sonne plus doux que « père ».

« Le papa » plutôt que « son papa » parce que si ce n'est pas le tien, ce n'est pas si grave qu'il soit parti.

« Le papa ne sera pas là », on dirait juste un rendez-vous raté, un détail de l'histoire, ça paraît supportable.

« Son père sera absent », moins.

Avant toi je ne mangeais que des pâtes au beurre. Pour obéir à mon médecin qui voulait que je varie mon alimentation, j'ai ajouté des lardons.

Il a fini par m'obliger à manger cinq fruits et légumes par jour. Comme je lui demandais si les chewing-gums fraise-citron ça comptait, il m'a donné une liste d'aliments à consommer tous les jours.

On y trouve des trucs improbables, comme des haricots verts, ou encore du poisson.

Avec mon nouveau Caddie de femme organisée et responsable, le caissier ne me reconnaît pas et doit penser qu'il y a quelqu'un derrière tout ça. Il n'imagine pas que ce quelqu'un n'a même pas de poils aux bras, et qu'il doit peser grosso modo le poids d'une seule courgette.

Ce matin en marchant j'ai eu un éclair de lucidité.

Il ne faut pas trop que je culpabilise.

Tu es toujours mieux là que dans les couilles de ton père.

Le bébé de mon frère est né. Retour à Rouen pour le rencontrer, on part avec ma mère à la maternité. C'est une petite poupée brune dans un pyjama rose, couchée dans un landau transparent, qui du haut de ses 50 centimètres impose le respect et un silence religieux. Je la prends dans les bras et ma main qui soutient ses fesses et ses jambes recroquevillées se pose aussi un peu sur toi, si tu savais comme j'ai hâte de te la présenter.

En repartant, dans l'ascenseur avec ma mère, je pleure.

Elle me regarde et me demande pourquoi.

Et comme je ne réponds pas elle hausse les épaules, l'air de dire qu'elle ne comprend vraiment pas.

Je pleure parce qu'elle ne comprend pas pourquoi, parce qu'elle nie l'évidence et fait semblant de ne pas savoir que la prochaine fois dans le landau ce sera toi, et je pleure sa façon de me faire sentir étrangère à tout ça alors que je ne suis que ça, que je ne suis que toi.

C'est l'histoire d'un petit Indien qui s'installe en France avec sa famille et fait sa rentrée à l'école. Le soir il va voir son père et, un peu triste, lui dit : « Papa, à l'école les enfants ont des prénoms très simples, ils s'appellent Marie, Chloé, Paul et Enzo. Pourquoi nous on s'appelle toujours bizarrement ? » Son papa le prend sur ses genoux, et tendrement lui explique : « Tu sais, chez nous, une jolie tradition veut que les prénoms de nos enfants rappellent les conditions de leur conception. C'est pour ça, par exemple, que ton frère s'appelle "Clair de lune", que ton cousin s'appelle "Tapis de bison", que moi je m'appelle "Cheval fougueux"… Allons, ne t'inquiète pas et file jouer mon petit Capote trouée. »

Je te raconterai cette blague quand tu seras grand. Enfin, si tu es très sage et que tu as beaucoup d'humour.

Une rumeur de grossesse se propage vite. Version mère célibataire encore plus. Dans mon entourage, familial, amical et professionnel, tout le monde est désormais au courant de « la situation ».

Souvent, les gens commencent par éviter le sujet, font comme s'ils ne voyaient pas mon ventre qui se fout de leur gueule derrière mon pull, attendent que je lance les hostilités, que j'aborde « le » sujet. Quand je me décide enfin à leur dire que je suis enceinte, ils me répondent que oui, ils étaient au courant, avec un sourire compatissant un peu navré. J'ai envie de leur dire « cache ta joie connard », mais comme j'ai reçu une éducation judéo-chrétienne tout à fait respectable je me contente d'en rajouter un peu sur le côté super-chouette, de sourire jusqu'à en avoir mal aux maxillaires, pour qu'ils comprennent qu'ils ont le droit de se réjouir. Que ce qui m'arrive est beau, et qu'il y a quand même pire dans la vie que de la porter, et que d'avoir dans quelques mois son plus joli rendez-vous de programmé.

À mon ex avec qui je suis restée trois ans juste avant ton papa, j'ai voulu annoncer la nouvelle au téléphone. Je l'ai entendu pleurer.

En raccrochant, un peu déboussolée par sa réaction, je me suis demandé si c'était de peine ou de soulagement que ça ne lui soit pas tombé dessus à lui.

Quelques heures après, par mail, il m'explique qu'il est triste pour moi, que je méritais mieux que ça.

J'ai un élan de tendresse, puis un toc irrépressible et cynique.

L'envie de lui répondre : « Oui bon bah ça va hein, si tu ne m'avais pas larguée on n'en serait sans doute pas là. »

Les mamans normales ont trois échographies durant leur grossesse. Chez mon obstétricien de luxe, c'est bien plus. Tu me coûtes la peau des fesses, mais je te dois bien ça. Je crois que j'achète un peu ton pardon, en te montrant de quoi je suis capable pour toi. Je veux faire mieux et plus que les autres mères.

Je joue au lièvre et à la tortue avec les mamans normales, peut-être qu'à force d'oublier qu'elles sont parties bien mieux que moi je finirai par les doubler.

Je note tous mes rendez-vous, et consigne dans un carnet leurs comptes rendus détaillés. J'ai un classeur pour tes échographies, et un autre pour les papiers administratifs. Je suis toujours à l'heure partout quand il s'agit de toi, et je te jure de n'être jamais en retard à un rendez-vous chez le médecin ni à la sortie de la crèche.

Mais dans tout ça ce qui me rend le plus triste, c'est qu'il est déjà trop tard pour être une bonne mère dès le début.

Aujourd'hui donc, on a rendez-vous chez l'obstétricien pour connaître ton sexe. Il paraît que c'est sympa aussi de « garder la surprise ». Mais niveau surprises j'ai déjà donné.

Dans le bus en y allant je m'offre un shoot de souvenir douloureux. Un soir il y a quelques mois, une bouteille de vin, des sushis, et ton papa. Un peu grisés on parle d'enfants, pas pour nous évidemment, et entre deux gorgées il me dit qu'il adore la complicité père-fille. Il lance ça en l'air, mais en quelques mots et malgré moi ce souvenir crée une légère préférence, une douce inclinaison vers ce sexe-là, un espoir à la fois infime et honteux que tu sois une petite fille.

Pour la première fois, l'obstétricien m'informe que l'échographie se fera par le ventre. J'ai l'impression d'une belle promotion dans ma carrière de future mère : jusque-là, elles se faisaient par un autre endroit (je t'expliquerai quand tu seras grand) et je regrettais que ça ne soit pas comme dans les images qu'on voit au cinéma.

À sa demande, j'étale sur mon ventre un liquide transparent et visqueux, il branche son écran et pose sur mon ventre luisant un objet froid qu'il fait glisser, révélant le son magique de ton cœur. Voyant ma fierté, le médecin me confirme : « Maintenant vous avez le droit de faire comme dans les films. » J'ajoute en souriant un peu que oui, presque, à la différence que le siège à côté de moi est vide.

Il pose son engin, me demande une seconde, fait le tour de la table où je suis allongée pour soulever le fauteuil vide à mes côtés et le pousser contre un mur.

« Mais non, regardez, un peu d'organisation et vous êtes au complet. »

Depuis quelques minutes je sais un peu mieux qui tu es.

Je sais à présent que je mettrai du rose dans ta chambre, des poupées sous le sapin, des barrettes dans tes cheveux, et un « e » à toutes tes qualités.

Maintenant que je sais te conjuguer, je te dirai comme je t'ai attendue, comme je t'ai aimée depuis le début. Notre début.

Je te dirai que la beauté des princesses à côté de toi c'est pipi de chat et, s'il le faut, je t'achèterai même des culottes Dora.

Merde, je viens de réaliser qu'œdipement parlant, ça ne va pas être simple à gérer.

Il faudra que je sois ta mère et ton père à la fois, je me laisserai pousser la moustache pour que tu tombes amoureuse de moi et te répondre qu'on ne peut pas épouser son papa.

Insolente. Concentrée. Mal élevée. Insoumise. Résignée. Timide. Audacieuse. Courageuse. Coquine. Polie. Angoissée. Apaisée. Déterminée. Concentrée. Tourmentée. Dissipée.

Je m'amuse à accorder tous les adjectifs au féminin, en me disant que sans savoir quand, j'écris peut-être une partie de toi.

J'essaye d'imaginer ton père en fille. Ça donne un truc bizarre, mélange de footballeur des années 1980 et de travesti du bois de Boulogne. C'est peut-être mieux que tu ne lui ressembles pas, finalement.

Pourtant j'adorerais que tu aies sa bouche. Et aussi son regard. Mais pas autant que ses mains.

J'ai l'impression de parler de ton père comme s'il était mort. Avec le respect qu'on doit aux absents et les qualités fantasmées qu'on leur prête. J'oublie juste un petit détail. Il n'est pas mort en héros à la guerre, mais parti en me laissant seule à mon sort. Mais si mon sort c'est toi, comment lui en vouloir vraiment ?

Tu vois, j'essaye de me fâcher et je n'y arrive pas.

Tu me remplis d'un sentiment nouveau, dans lequel la colère n'a pas sa place naturellement. Ni pour lui ni pour mes parents. Pour la sentir, j'ai besoin de la provoquer, d'aller la chercher loin et profondément, de me persuader que je la ressens.

Ou alors de rêver comme cette nuit qu'il était là et que c'était doux.

Alors je me réveille avec le bide en vrac et la gorge serrée, mais rapidement je me rends compte qu'encore raté, ce n'est pas de la colère, c'est juste une tristesse sans fond.

Tout à l'heure je suis allée dans une parfumerie acheter une huile nourrissante, censée prévenir les vergetures. En vérité, même si mon ventre est plus tendu de jour en jour, je m'en fous pas mal, des vergetures. Je suis juste allée acheter un rendez-vous quotidien avec toi. Je me suis promis de l'appliquer tous les matins, ça sera notre tout premier rituel à toutes les deux.

J'ai demandé ce qui se faisait de mieux, alors forcément le flacon coûte une fortune. Je dois bien être la première mère célibataire à utiliser un produit de cette marque. D'ailleurs la femme en photo sur la boîte n'a jamais dû être célibataire, elle a la peau fraîche et lisse, le ventre plein et l'air incroyablement épanoui, je suis sûre que la chambre du bébé est déjà prête, qu'elle a eu une place en crèche et qu'elle vient de confirmer son inscription aux cours de bébés nageurs.

Du carton, j'extirpe un flacon en verre rempli d'un liquide jaune. Je dévisse le bouchon et je ferme les yeux pour le porter à mon nez. Je pensais que ça sentirait le bébé, en fait ça sent l'hôpital. Mais par anticipation j'aime déjà cette odeur parce que je sais que jusqu'à la fin de mes jours, en la sentant je reviendrai exactement là où je suis aujourd'hui, dans mon minuscule studio perché, le ventre rond de plus de cinq mois, parfois triste et angoissée mais toujours persuadée que je suis à l'aube de ce qui m'arrivera de plus beau dans la vie.

Depuis que je sais que tu es une fille, je ne pense plus à toi autant qu'avant. Ne le prends pas mal, je crois que c'est bon signe. En quelques jours, ta présence s'est diluée. Elle était en un point précis, source ou nœud de questionnements, d'angoisses et de projections. Et voilà qu'elle s'évapore. Devient normale, acquise, aérienne, intégrée. Aujourd'hui tu coules de source.

Ce matin on a sonné à ma porte. Un fleuriste essoufflé par les sept étages me tend un superbe bouquet de roses blanches. Sur une carte : « Des pensées et de l'amour » et c'est signé « Mamie Dado ». Le surnom de Simone, ma grand-mère paternelle.

Ça me fait un drôle d'effet de voir son nom, et pour cause.

Elle est morte il y a huit ans.

Ça sent à plein nez l'humour de mon cousin. Celui qui, au moment où on entrait le cercueil de notre grand-mère dans le corbillard, a lâché entre deux sanglots « En voiture Simone ».

Je souris de sa connerie, de sa jolie pudeur, de sa façon de distiller en quelques mots du n'importe quoi dans ces quelques mois, pour me rappeler qu'on peut en rire, qu'il n'y a pas mort d'homme, bien au contraire.

En ce moment, je ressens souvent une sorte d'excitation, un empressement vers quelque chose dont je me réjouis mais que je n'identifie pas.

Tu verras, ça arrive parfois : en s'apprêtant à faire ou dire quelque chose, la mémoire nous échappe, nous laissant juste le souvenir des sensations associées. « Qu'est-ce qu'on disait ? Je me rappelle juste que c'était un truc chiant… Ah oui donc, comment va ton mec ? » « Qu'est-ce que je voulais faire ? C'était un plaisir cool et coupable. Ah oui, percer ce bouton. »

Plusieurs fois par jour, un truc presque physique vient me chatouiller le ventre, qui me fait sentir heureuse et légère. J'ai la sensation d'une perspective agréable à venir, mais laquelle ?

Ah oui, c'est vrai. Je vais avoir un bébé.

Une fois j'ai vu ton père faire entre son pouce et son index une bulle avec le savon du bain.

Souvent sous la douche je m'exerce à faire pareil. Je voudrais te l'apprendre en te disant que c'est lui qui m'a montré. Peut-être alors que quand tu seras grande tu le feras en disant que c'est de ton père que tu tiens ça ?

Je réfléchis à d'autres choses qui pourraient constituer ton maigre héritage. Il a aussi essayé de m'apprendre à manger avec des baguettes mais je n'y arrive pas.

Tout à l'heure, j'étais avec des amis dans un bar, en train de me bourrer la gueule au Perrier rondelle.

Je les écoutais en souriant, la tête un peu ailleurs.

Soudain j'ai sursauté et j'ai levé la main en l'air en leur ordonnant à tous de se taire. Ils m'ont regardée avec des yeux ronds en attendant que je dise quelque chose d'intéressant, au lieu de ça il y a eu un grand silence et mon index qui pointait toujours vers le haut. J'ai entendu une petite voix qui disait : « Tu me fais flipper, qu'est-ce qu'il y a, tu vas accoucher ? »

J'ai répondu : « Non ! Elle a bougé ! »

Alors ils ont applaudi et sont venus me féliciter, puis pour fêter ça ils ont repris une tournée, et le serveur en me voyant pleurer m'a même offert un autre Perrier.

Hier à la télé, une femme qui venait d'accoucher d'un enfant trisomique disait que le plus lourd avait été de devoir consoler les gens, plutôt que de les voir se réjouir de l'arrivée de ce bébé qu'elle avait décidé de garder.

Je me sens coincée dans le même décalage, entre la joie que je voudrais susciter et le regard de peine que je récolte parfois.

Il y en a qui naissent avec un petit chromosome en plus.

Toi tu naîtras juste avec un grand papa en moins.

En ce moment je m'entraîne à pleurer, le soir. J'en rajoute dans le mélo parce que ça fait partie des choses tentantes et parce que ça s'y prêterait bien, toute seule dans mon appart, le ventre chaque jour plus rond que la veille et personne pour me le faire remarquer. Je suis devenue un maître en matière d'autoapitoiement. Je pense à des choses tristes en écoutant des chansons tristes, j'énumère la liste des gens qui m'ont déçue et des misères dans le monde. Je pense à toutes les galères qu'on aura, à tous les bonheurs qu'on n'aura pas, j'expire fort par le nez pour que ça vienne et j'encourage mes sanglots en sortant quelques sons. Mais rien à faire. Je reste désespérément sereine, et heureuse.

Il y a ceux qui évitent le sujet. Et mes amis qui, eux, me prennent pour le nombril de leur monde. Ils ne se confient plus à moi, ne me parlent que de moi. Quand j'ose les interroger sur eux, sur leur vie, ils balayent ma question d'un revers de la main en disant que ce n'est pas important. Peut-être que ce qu'ils veulent dire, c'est que ce n'est pas grave.

Alors on parle de choses graves. Et importantes. De mes parents, de ton papa, de l'éducation, de nuits d'angoisse et de monoparentalité.

Je suis devenue une chose divine, intouchable, une dépressive malgré elle, une malade imaginaire, une qu'on console, qu'on écoute et qu'on rassure, à qui on colle des pansements partout sur les mots.

Évidemment que l'intention est bonne. « Vider mon sac », c'est ça qu'ils me conseillent de faire, mais mon sac n'est pas si lourd et je préférerais me remplir de légèreté. Je voudrais juste qu'on me parle transports en commun blindés, prix du carburant et poils incarnés, belle-mère envahissante, mec qui ne rappelle pas et collègue qui fait des bruits de bouche en mangeant, fuite d'eau et recettes de grand-mère qui marchent pas pour agrandir le cuir ou faire pousser les cheveux, les seins ou la bite.

Oups, pardon, j'ai dit « bite ». Revenons donc à mon utérus.

Tout à l'heure, alors que je montais en soufflant les sept étages, encombrée de trois sacs de courses dans chaque main, l'un d'eux a pété. J'ai posé les cinq autres sur le palier pour aller ramasser en bas mes yaourts suicidés. Je suis remontée chercher une éponge et redescendue pour nettoyer. En remontant pour la troisième fois avec mes vêtements tachés, les larmes coulent et cette fois je sais que c'est enfin de la colère.

Toute celle contenue depuis des mois explose là, au même endroit que les yaourts, et je pleure de rage, d'injustice de devoir supporter ça toute seule. Ivre de ces sentiments nouveaux je les encourage à me submerger, et entre deux sanglots je dis des noms d'oiseaux. Salaud. Enfoiré. Connard. Minable.

Mais au fond je ne sais pas très bien à qui je m'adresse.

Et si je maudis vraiment l'absence de ton père ou celle d'un ascenseur.

Après chaque échographie, l'obstétricien me donne des captures d'écran, drôles de photos obscures en noir et blanc. Sur les vues de détail, je lui demande toujours à quoi ça correspond pour le noter derrière. Aujourd'hui j'ai voulu me la raconter et je lui ai dit : « Donc ça, c'est son crâne. »

Il a rigolé un peu et m'a dit que non, pas tout à fait.

J'ai confondu ta tête et tes fesses, j'espère qu'à ta naissance je ferai mieux la différence.

« La situation », c'est le terme qu'emploient les gens pour parler du fait que ton papa ne sera pas là. Son « pa-pa-ne-se-ra-pa-là ». On dirait que c'est plus dur pour eux que pour moi de le dire, de l'intégrer. Que je sache, il n'y a pas de gros mot dans cette petite phrase-là. Les gens disent « la situation » comme on dit « je vois quelqu'un » à la place de « je vois un psy ». Comme s'ils voulaient éviter les mots qui fâchent ou qui font trop mal, qui sonnent trop tristes ou trop définitifs, on dirait une partie géante de Time's Up ! dans laquelle il ne faut pas dire « papa », ni « pas là ».

Je perds toujours à ce jeu-là, je triche même pour y arriver, parfois je mets les gens sur la voie rien que pour les voir un peu chercher leurs mots, gênés, et pour le plaisir de leur répondre « par rapport au fait que son papa ne sera pas là, tu veux dire ? ».

Je refuse qu'on joue sur les mots, qu'on en fasse

un tabou, qu'on transforme notre histoire en tragédie.

Ça va, ce n'est pas un drame.

C'est juste un petit bébé qui grandira sans son papa.

Mes parents m'ont demandé ce week-end comment je te l'expliquerai, « la situation ». Ce que je te dirai, ce que je te tairai, les mots que j'utiliserai et ceux que j'éviterai.

Je leur ai répondu que ce n'était pas compliqué, quand tu feras des comédies je t'expliquerai que c'est à cause d'attitudes comme ça que ton papa est parti.

Ils n'ont pas du tout apprécié. Les gens n'ont décidément aucun humour en matière de monoparentalité.

Mon père m'appelle. Il est dans la voiture, et me dit que la chanson qu'il entend lui fait penser à moi chaque fois. Ça me fait plaisir, j'ai souvent eu envie que quelque part, une chanson fasse penser à moi à quelqu'un.

Je lui demande de monter le son, et j'entends la rengaine connue d'une chanson française.

« Elle a fait un bébé toute seule, et elle court, court, de décembre en été, de la nourrice à la baby-sitter, des paquets de couches au biberon de quatre heures. Et elle fume, fume, fume, même au petit déjeuner. »

En raccrochant, je réécoute la chanson. Mis à part le passage de la fin, la musique est entraînante.

Si on peut danser le rock sur les aventures d'une mère célibataire, c'est que ça ne doit pas être si terrible que ça.

Après tout, on ne danse pas sur une histoire d'enfant mort ou de maladie incurable.

Je perçois tes mouvements de plus en plus souvent. Ça arrive dans le métro, en marchant dans la rue, alors que je mange ou que je regarde la télé. C'est léger, aérien, c'est un signe discret de toi qui me submerge de bonheur. C'est l'impression que tu me passes un coup de fil pour me donner de tes nouvelles et me dire que tout va bien. Je touche chaque fois mon ventre à l'endroit où tu es, pour t'assurer que j'ai bien reçu ton message.

Laetitia et Caro, deux amies que j'ai vues hier, m'ont demandé de leur décrire ce que ça faisait. La première explication qui m'est venue est celle d'un poisson rouge qui effleurerait par endroits les parois d'un bocal.

Elles n'ont pas eu l'air convaincu, les gens manquent cruellement d'imagination.

Alors j'ai cherché une comparaison moins imagée. Finalement, c'est un peu comme une bulle d'air dans le ventre.

Elles m'ont dit d'une seule voix : « Comme si tu allais péter ? » J'ai bien été obligée d'acquiescer.

Depuis je me demande si jusqu'à la fin de mes jours, par association d'idées, la sensation de flatulences déclenchera en moi une montagne de joie.

Quand je parle de notre histoire, je prends la défense de ton père, régulièrement. Enfin, aussi souvent que l'occasion se présente. C'est-à-dire pas souvent, finalement. Rares sont ceux qui s'aventurent sur ce terrain-là. La plupart du temps, les gens le plaignent et le comprennent.

Mais si quelqu'un s'avise de parler de lâcheté, je lui redonne ma version des faits. Un homme, une femme, un bébé qui se présente alors que ce n'est pas le moment, une décision à prendre. Deux de prises : l'une de te garder, l'autre de ne jamais te voir. Alors ils acquiescent et oublient de me demander comment je vais.

En quelques mots je me fais prendre à mon propre jeu : il n'est pas le bourreau et puisqu'il en faut bien un, je tends le bâton pour me faire battre en endossant ce rôle-là.

S'il faut un coupable, j'aime autant que ce soit

moi. Quitte à ne pas avoir de papa, autant que ce soit un type bien. Et contrairement à lui j'aurai toute la vie pour te prouver que je ne suis pas si pourrie que ça.

J'ai annoncé à la concierge de l'immeuble que j'étais enceinte.

Depuis, alerté par le bruit que fait la porte en claquant, son mari sort de sa loge chaque fois que j'entre dans l'immeuble, m'oblige à lui donner mon sac à main ou mon parapluie, et m'escorte en souriant sans rien dire jusqu'au septième étage.

Il paraît que les mères adorent raconter aux femmes enceintes les coulisses de leur propre accouchement. Qu'elles les noient de détails et de points de suture mal recousus, d'expulsion de placenta et de contractions douloureuses. Que trop fières d'« être passées par là », elles leur décrivent précisément ce stade ultime, cette superbe boucherie, cette page du roman dont elles jubilent de connaître la fin.

À moi on ne dit rien. Comme si les problèmes de chair ne me concernaient pas. On me croit au-dessus de tout ça, et coincée dans ma tour de célibat je regarde avec envie celles qu'on effraie de récits ensanglantés.

On me cache la souffrance de l'accouchement pour me laisser à ma douleur de mère seule.

C'est trop injuste, moi aussi je veux une épisiotomie et des hémorroïdes.

J'ai des seins énormes. Ronds et fermes, par-dessus le marché.

J'en connais un qui mériterait que je lui envoie une photo pour se rendre compte à côté de quoi il passe.

Je découvre sur eux des regards que je ne connaissais pas. Disons qu'avant toi, ma poitrine n'était pas un atout de taille. Le charme se brise quand je me lève, extirpant de sous la table mon ventre fier. La lueur de gourmandise s'efface alors des yeux des hommes et semble s'excuser, me ramenant à ma fonction de mère porteuse et de femme intouchable.

Je suis condamnée jusqu'à ton arrivée à ne draguer qu'en position assise.

À vrai dire, draguer est le cadet de mes soucis.

La grossesse contient une clause de fidélité tacite, et le seul désir que la morale valide est celui du père de l'enfant.

Mon état me condamne à être fidèle à un homme qui ne veut pas de moi.

Et si je continue à me maquiller et à m'apprêter, ce n'est que pour entendre dire que t'attendre me va bien.

Quand ta présence était encore abstraite, je pensais qu'on pourrait rester dans ce studio minuscule. Je nous voyais bohèmes, ça nous irait bien de ne pas faire comme tout le monde. Tu dormirais dans l'entrée et je plierais ton lit pour pouvoir ouvrir la porte, tu jouerais sur le palier où tu ferais tes premiers pas, ça serait trop petit mais on s'en foutrait.

Aujourd'hui, je suis obligée de me rendre à l'évidence, on ne pourra pas rester là. J'ai déposé mon préavis.

Je n'ai pas les moyens de prendre un appartement à Paris : j'irai vivre chez mes parents, le temps de trouver un logement à Rouen.

De toute façon Paris me paraît trop grand pour une si petite fille. À moins que ce ne soit pour une si petite maman.

Putain qu'est-ce que j'ai peur de tout ce qui nous attend. Bien sûr il y aura l'odeur délicieuse de ton cou. Il paraît que le nez dedans, on oublie tout.

Sans vouloir lui mettre la pression, j'espère que ton cou sentira vraiment bon.

J'ai envie de manger des sushis, de me bourrer la gueule, de fumer clope sur clope et de me mettre aux drogues dures.

C'est dommage, c'est à peu près tout ce que je n'ai pas le droit de faire.

Heureusement, j'ai le droit de faire des longueurs à la piscine et de boire des smoothies bio.

Je vais dans la rue et je guette le feu passer au rouge. Je vérifie que le générique du JT n'a pas changé et que le boucher en bas est toujours aussi con. J'attends le métro sur le quai et je le regarde arriver. Je vais à la gare me faire bousculer et pendant des longues minutes j'observe couler la Seine.

Alors seulement je me sens un peu plus apaisée. L'ordre normal du monde n'est donc pas tout à fait bouleversé, et tu n'es qu'un détail infime dans son imperturbable déroulement.

Un détail infime qui prend quand même de plus en plus de place. Maintenant, tu n'as plus rien à voir avec un cassoulet mal digéré.

Ma nouvelle passion forcée pour les haricots verts et les courgettes m'a fait fondre comme neige au soleil. Privé de ses orgies de pâtes, mon corps s'affermit, mes cuisses s'affinent, mon ventre change de visage : il perd en graisse et gagne en volume, dessinant précisément une carapace dure et pleine, qui paraît greffée là, ajoutée à la dernière minute.

Je mincis au fur et à mesure que tu grandis, c'était écrit que toutes les deux on ne ferait décidément rien comme tout le monde.

J'ai tapé « mère célibataire star » sur un moteur de recherche.

Je voulais savoir si élever un enfant seule, ça pouvait être un peu léger et strassé.

Entre le caprice de star et la folie d'écervelée.

Il y en a un paquet. Divorcées, avec une pension alimentaire de dix mille dollars, une nounou à temps plein et le monde à leurs pieds.

En position debout, mon ventre encombré par son propre poids est tendu, comme prêt à exploser. Je me demande d'ailleurs où il ira chercher l'élasticité nécessaire aux quelques semaines qu'il te reste à grandir ici.

Mais quand je suis allongée, ma peau libérée de la loi de la pesanteur enveloppe ton contour, et forme une dune ronde et nette, forteresse vaillante et imprenable.

La tête légèrement surélevée, j'observe inlassablement ce paysage.

Tout à l'heure, alors que je me demandais dans combien de temps je reverrai mes pieds, j'ai inspiré profondément pour faire gonfler mon ventre.

Noyée ainsi dans l'air ta présence s'est évanouie, et quand j'ai soufflé pour rendre à mon ventre sa forme normale, j'ai assisté émerveillée au spectacle d'une dune qui se déplaçait. Glissait tout doucement sur la droite, au contact de ma main se laissait caresser, avant de reprendre comme si de rien n'était sa position initiale.

J'ai voulu que quelqu'un voie ça, mais je ne suis pas sûre que ça aurait passionné mon voisin, alors j'ai recommencé en me concentrant pour me rappeler tous les détails.

Ce qui est à la fois le plus beau et le plus fatigant quand on est enceinte et seule, c'est la conscience de la nécessité absolue de se souvenir pour deux.

Alors je passe des heures à filmer mon ventre, à le prendre en photo. Je n'ai pas de photo de moi entière, parce que je tiens l'appareil et que je n'ai pas le bras assez long.

J'en prends aussi dans le miroir, mais mon appart est petit : je ne me recule jamais assez pour m'avoir en entier.

Version numérique je ne suis qu'un ventre, j'essaye de baisser la tête pour qu'on la voie et te prouver, plus tard, en te montrant les photos, que c'était bien moi.

Je viens de réaliser que quand tu seras là, on aura peu de clichés de nous deux.

Et beaucoup de photos prises par mes bras tendus en avant, mal cadrées, en contre-plongée, le nez un peu trop gros, le cou un peu trop raide, la posture instable.

Qui nous prendra en photo quand on s'endormira

dans le canapé ou que je te donnerai ton premier bain ?

Il faut que j'achète un retardateur, si tu veux tu pourras l'appeler papa.

Manouche m'a donné les coordonnées d'une amie à elle, Magali, qui a grandi sans son papa. En l'appelant, je me rends compte de l'absurdité de la situation : « Bonjour, Manouche m'a dit que ta mère t'avait élevée seule, je voudrais voir ce que ça donne vingt-cinq ans après. »

En l'attendant il y a plein de monde et je ne sais pas à quoi elle ressemble. Je me dirige vers une fille, c'est elle, et elle s'étonne que je l'aie trouvée. Je lui réponds, sans réfléchir :

— Oui, tu as bien la tronche d'une fille élevée par une mère seule.

— Pourtant je suis allée chez le coiffeur pour l'occasion, je voulais que tu croies que ma mère a bien fait de me garder.

— Tu veux dire que physiquement, là, t'es au max ?

— À mon apogée.

— Ah ouais. J'aurais dû réfléchir plus.

La vérité c'est qu'elle est belle, et drôle. Aussi bien

dans ses pompes que si elle avait été élevée par Françoise Dolto et Marcel Ruffo.

Pourtant sa mère c'est Marie et son père elle l'appelle « Papère ». « Un peu papa, un peu pas père. »

Je lui demande ce que ça fait d'être un bébé pas désiré. Elle hésite, a l'air de trouver ma question bizarre.

— Quand je l'ai su c'était trop tard.

— Trop tard pour quoi ?

— Pour me demander si c'est important d'être désirée ou pas. Je me sentais déjà trop aimée pour me poser la question.

— Donc en fait t'as manqué de rien.

— Non. Enfin si. De Pepito pour le goûter. Ma mère voulait jamais en acheter.

Puis elle ajoute : « Peut-être que ce qui m'a le plus manqué, c'est un peu d'indifférence. On a toujours voulu me surprotéger. Ma mère, mes grands-parents, mes cousins, mes maîtresses. C'est fou ce besoin qu'ont eu les gens de compenser. Il ne fallait pas m'embêter, pas me contrarier, pas me faire de peine et surtout me laisser gagner. J'ai découvert à quinze ans que j'étais nulle au loto des animaux, ça a été un déchirement. »

Je te promets de te mettre de sacrées raclées au jeu des sept familles.

En continuant à discuter toutes les deux on boit un café sur une terrasse un peu fraîche, puis deux, au troisième il fait un peu plus doux, alors en commandant à nouveau on enlève notre manteau, puis notre pull, la place que tu prends m'oblige à reculer ma chaise, et bientôt au-dessus de nos têtes les arbres sont en fleur, et sept étages plus haut mes cartons prêts sur le palier.

PRINTEMPS

J'ai appelé mon parrain à la rescousse pour mon déménagement.

Il est grand et fort et il sent la lessive, c'est exactement ce dont j'avais besoin.

Il est venu avec sa femme, ses enfants et un camion. Il a croisé au petit matin mes copines venues là pour faire les derniers cartons avant de partir bosser.

Tant d'amour qui se croise dans une si petite cage d'escalier, je n'aurais jamais pensé que ça pourrait rentrer.

Devant le camion garé en bas de l'immeuble, je trouve Geff, Cédric et Maxime, trois copains à qui je demande ce qu'ils font là.

« Bah on visite le quartier, pourquoi ? »

Dans la cour de l'immeuble la concierge a dressé un buffet. Elle a acheté des pains au chocolat et préparé du café. Elle tend les gobelets et distribue les ordres. Toi tou descends les cartons, toi, tou ranges dans lé camion, et toi tou t'assoua là, tou arrête dé plérer, tou vas faire peur à ton bébé.

Ils se sont répartis entre l'appartement et le camion, et disposés en file indienne se passent de main en main les morceaux de mes dernières années.

Sur ma chaise j'assiste au drôle de spectacle de ces petites fourmis déplaçant méthodiquement ma vie d'avant, œuvrant en souriant pour ma nouvelle existence.

Faute d'avoir un « chez-moi » où pouvoir les poser, on a déchargé mes quelques meubles et cartons dans le garage de mes parents.

Petite, c'est déjà là que j'allais quand j'étais punie.

Pas d'épinards, pas de dessert.

Pas de mec, pas de maison.

Ma mère a ressorti des cartons de vêtements de bébé. Ma belle-sœur m'a apporté ceux dont elle ne se sert déjà plus, et je les regarde toutes les deux déplier et replier les minuscules habits, en essayant de réaliser qu'ils ne me serviront pas à jouer à la poupée.

Devant ma mère, je n'ose pas me réjouir trop. J'ai peur que ma joie fasse de l'ombre à la sienne, si éphémère et imprévisible.

C'est comme si mon état était tabou, mais qu'il lui faudrait bien des pyjamas malgré tout.

Quand elle me tend des vêtements en me demandant si ça m'intéresse, je n'ose pas lui dire que ce pantalon est moche ou que ce manteau a des traces de vomi. Je ne vais pas être célibataire ET exigeante.

Alors une fois qu'elle est partie, me laissant seule avec ma belle-sœur, je m'extasie en triant les vêtements, exigeant pour ma fille les plus beaux et les plus doux, sous les encouragements souriants de celle qui semble avoir oublié que mon célibat m'interdisait la légèreté.

À moins qu'elle n'ait compris que ce n'était pas le cas.

J'ai rendez-vous pour l'échographie morphologique. Celle où on me dira si tout est bien en place. J'ai l'impression de me pointer à un concours de mini Miss fœtus et j'espère qu'on te trouvera jolie. La consultation a lieu à Rouen dans la clinique où j'accoucherai, la prochaine fois que j'y entrerai j'aurai sans doute rendez-vous avec toi.

L'obstétricienne a la bonne cinquantaine, donc une bonne vingtaine d'années de métier. Pourtant en te mesurant sous tous les angles, elle est émerveillée. Je la comprends, des femmes enceintes elle en a vu plein, mais jamais des femmes enceintes de toi.

Elle dit : « Oh mais regardez-moi ces petits pieds, là, regardez, elle croise les chevilles ! » et : « Tenez, là, c'est sa bouche, et hop, elle suce son pouce. »

Point par point, centimètre par centimètre, elle vérifie tout, n'en finit pas de dire « parfait », « très bien », « aucun souci », « elle est ravissante », « vous voyez, là, son petit nez en trompette ? ». Quand elle se tourne vers moi, elle voit que je pleure. Me dit : « Mais c'est mignon les petits nez en trompette, c'est ça qui vous fait pleurer ? »

Ce qui me fait pleurer, c'est d'être la seule à voir le relief parfait de ton nez en trompette, la finesse de tes chevilles et la magie de tes doigts qui sont au nombre de dix. Tout ce bonheur juste pour moi c'est un immense gâchis, je ne suis pas triste pour moi, je suis triste pour lui, parce qu'il passe à côté de ça, à côté de toi, et que je n'aimerais pas être à sa place.

Je t'apprendrai à ne pas gâcher, à ne rien gaspiller. Pas une seconde de vie, pas une branche de brocoli.

Mes manies de femme enceinte agacent ma mère. Ou plus exactement, mon état de femme enceinte.

Elle se raidit quand je refuse un verre de vin.

Lève les yeux au ciel quand je vérifie que le fromage n'est pas au lait cru.

Fait semblant de ne pas voir quand je suis prise de douleurs.

Et quelques minutes après, étend soigneusement les petits vêtements neufs qu'elle a achetés pour toi, après les avoir lavés, puis les repasse lentement au fer très chaud pour tuer tous les microbes.

Toutes ses contradictions sont là, coincées entre un ventre qu'elle refuse de toucher en prenant un air dégoûté et des effluves de lessive hypoallergénique.

Je crois qu'elle n'aime pas ma grossesse, mais qu'elle aime déjà mon bébé.

Pour être dans le ton et respecter le protocole, je m'invente des obsessions culinaires, sacro-saintes envies étranges de femme enceinte. J'affirme rêver jour et nuit d'endives braisées, pour dissimuler la triste vérité : on ne peut avoir envie de fraises qu'avec quelqu'un près de soi pour nous les refuser ou aller les chercher.

Ce qui va suivre ne te regarde pas vraiment, je préférerais que tu ailles jouer un peu dans ta chambre.

Hier j'ai pris un café avec un ex. Il n'était pas au courant de ma grossesse, mais de dos il m'a reconnue, alors que je suis enceinte de plus de sept mois, ce qui est plutôt bon signe.

Peu de temps après qu'on s'est installés, il me confie qu'il rêve de faire l'amour avec une femme enceinte. Je dis « faire l'amour » parce que tu es dans les parages, mais tu comprendras un jour que ce n'était pas tout à fait le terme.

J'ai décliné. En fait j'ai surtout trouvé son idée dégueulasse.

Mais en repartant, dans le bus, je me souviens que j'ai un sexe et qu'il y a mille ans à peu près, il me servait à quelque chose.

Voilà que j'ai envie d'un gang-bang.

Où tous les hommes auraient le même visage, et que ce serait celui de ton père.

Ce matin, j'ai reçu de lui un mail. En voyant le nom de ton père s'afficher en gras, mon cœur s'est tellement emballé que tu as dû penser que j'avais croisé Jude Law nu.

En fait, il s'agit d'un mail groupé, où il annonce à une vingtaine de contacts qu'il ne sera plus joignable par téléphone dans les semaines qui viennent. Il part travailler pendant deux mois au bout du monde, sur le tournage d'une célèbre émission où l'on doit faire des choses terribles comme manger des cafards, tenir en équilibre sur une poutre dans l'eau et passer des mois sans s'épiler.

Il donne un numéro, en cas d'urgence.

Je crois qu'il considère que tu peux en être une.

J'ai rédigé une réponse, puis fermé mon ordinateur avant d'envoyer.

J'ai tenté cinq autres brouillons, puis tout annulé.

J'ai voulu répondre tout de suite ou jamais, pour pas que ça paraisse réchauffé.

Finalement j'ai laissé passer une nuit, puis deux, et j'ai répondu « OK ».

Ce n'est plus du réchauffé, c'est du surgelé.

Il a dit : « C'est une fille ou un garçon ? »

J'ai répondu : « Une fille. »

Et il m'a envoyé un petit smiley qui souriait, qui avait l'air de dire que c'était plus fort que lui, il me savait trop heureuse pour ne pas s'en réjouir.

Depuis que leurs enfants en sont partis, mes parents ont tout refait dans la maison. Pourtant on dirait qu'elle a pris un coup de vieux.

Il n'y a plus de jouets qui traînent et dans lesquels on bute en marchant dans le couloir, ils se tiennent à carreau dans un coin de la pièce du fond, le linge plié et repassé paraît s'ennuyer dans les placards, il n'y a plus vingt-six brosses à dents dans le gobelet et les médicaments de la boîte à pharmacie sont périmés depuis longtemps.

Mais il y a des détails qui ne trompent pas, la troisième marche en partant du bas grince toujours sous nos pas, et ici ou là les murs gardent des traces de punaises de nos posters d'avant, cicatrices encore à vif de nos amours adolescentes.

Les odeurs aussi ont changé, sauf le vendredi. De 9 à 13 heures, la dame qui vient faire le ménage est la même depuis toujours, les produits qu'elle utilise aussi. Après son passage, ça sent la Javel et les retours d'école, le linge repassé et le début du week-end, la corvée des scouts et l'espoir un peu fou que Manouche vienne dormir à la maison.

Ce vendredi, en humant l'air je me suis sentie enveloppée d'une atmosphère familière, rassurante, presque maternelle.

J'aurais dû respirer plus fort, pour faire le plein de douceur maternelle. Quand ma mère est rentrée du travail, j'ai deviné son humeur à sa façon de fermer la porte. Petits, on jouait déjà à ça, et j'ai gardé les bons réflexes.

Je suis descendue en prenant garde de rentrer un peu le ventre, pour que mon état ne lui saute pas trop aux yeux.

Pendant quelques heures, j'ai évité les sujets qui fâchent, c'est-à-dire toi. Je lui ai posé des questions, et son travail, et son poignet foulé, ça va mieux ? Et son gilet, il est super, d'où il vient, à combien, quelle élégance ! Et quelle matière ? Elle me répondait par monosyllabes, évitait mon regard, et prenait toutes les précautions pour que je le sente bien.

Juste avant de passer à table j'ai pris un bout de pain, et visiblement c'était l'affront de trop.

Elle a enfin daigné me regarder, le premier mot a eu du mal à sortir, mais quand il est venu cent autres ont suivi, elle les disait comme on vomit.

Elle a parlé manque de respect, égoïsme et pain de campagne, provocation et irresponsabilité, elle m'a dit qu'à cause de moi elle serait obligée d'arrêter de travailler et qu'il n'y aurait pas assez de pain pour le fromage.

Elle m'a dit : « Tu te rends compte ce que tu me fais », je lui ai dit que je pouvais en racheter. Elle a dit : « Te fous pas de moi ! », parce qu'en fait elle parlait de toi. C'était toi que je lui faisais.

J'ai hésité à lui dire que ce n'était pas elle le père, et aussi que ce n'était pas elle la future mère. Que c'est à moi que je faisais, pas à elle, qu'elle pourrait encore travailler cent ans si ça lui chantait, que je n'avais pas l'intention de lui demander quoi que ce soit, que j'avais vingt-cinq ans bordel, pas quatorze, que je la détestais, qu'elle m'achevait, qu'elle devrait plutôt garder son énergie pour réaliser qu'elle ne verrait jamais ce bébé.

Au lieu de ça j'ai dit que j'allais faire un tour, et je suis revenue avec une baguette.

Après le dîner je suis montée dans ma chambre, le refuge qui avait consolé mes chagrins d'enfant et d'ado.

Je lui ai confié mes chagrins d'adulte, mais elle n'a rien pu faire. Je crois qu'ils étaient trop grands pour elle, elle ne fait que 9 mètres carrés après tout.

Ma nuit a été étrange, peuplée à la fois de cauchemars et de la certitude apaisante qu'entre elle et moi, ce n'est pas moi qui ne tourne pas rond. Ses excès me rassurent, car ils me prouvent que c'est elle qui déraisonne.

Le lendemain, j'ai décidé de partir.

J'ai pris mon gros ventre et un petit sac, et je suis allée sonner chez une amie. Elle m'a ouvert la porte, les bras, et son canapé-lit.

Ça faisait très longtemps que je n'avais pas dormi avec quelqu'un, il paraît que la nuit je posais la main sur son dos et que je lui caressais doucement. Je ne m'en souvenais jamais mais je sais qu'au réveil, j'étais un peu triste qu'elle n'ait pas de poils sur le torse et le sourire de ton père.

Pendant des jours elle me cuisine des petits plats, c'est presque toujours bon sauf quand un soir elle prépare une tarte aux oignons et que je découvre, pliée en deux dans mon lit, les joies des brûlures d'estomac.

Sur le coup je ne sais pas ce que c'est. Une douleur inconnue qui prend l'œsophage et le ventre, une boule de feu qui traverse le corps en silence, sournoisement.

Le lendemain je vais à la pharmacie et submergée de fatigue je tente en pleurant de décrire mes symptômes. La pharmacienne finit mes phrases, elle voit très bien de quoi je parle.

C'est un désagrément typique chez les femmes enceintes. Mon tout premier vrai problème de grossesse. Je veux dire un qui se soigne, qu'on peut guérir avec du Gaviscon.

C'est la chose la plus dégueulasse qu'il m'ait été donné d'avaler, mais ça marche.

Tu crois que si j'en prends un deuxième on trouvera un appart ?

J'ai croisé ma mère en ville qui, sans me demander où je vivais depuis quelques jours, m'a dit qu'elle me trouvait mauvaise mine.

Alors elle m'a emmenée dans un magasin et m'a demandé de choisir une tenue pour toi. Spontanément je suis allée vers le un an, pour pas que ce soit trop petit ni trop mignon.

Elle m'a proposé à la place un pantalon blanc et un gilet taille un mois qui, se balançant entre nous deux sur leur cintre, se faisaient tout petits. Elle a attrapé deux paquets de couches d'une marque très chère interdite aux mères célibataires, puis trois paires de chaussettes, et encore trois biberons, je ne pouvais plus l'arrêter et je regardais sa tête disparaître peu à peu sous une montagne d'objets de bébé. Ensuite elle m'a entraînée dans une parapharmacie et y a acheté de quoi te laver jusqu'à tes vingt-quatre ans.

En me tendant le sac elle m'a demandé : « Quand est-ce que tu rentres à la maison ? »

Elle est le noir je suis le blanc, ou l'inverse. Il y a entre nous une sorte de contrat tacite qui veut qu'on ne ressente pas les mêmes choses en même temps.

Ses sentiments sont comme guidés par un contre-pied systématique et inconscient à mon état d'esprit, et soudain ça me semble évident : mon silence des débuts l'a autorisée à prendre ma part de l'angoisse.

Je ne me suis pas autorisée à me plaindre, il fallait bien que quelqu'un le fasse pour moi. Entre « me plaindre » et « se plaindre », c'est juste une erreur de trajectoire, une subtilité sémantique qui lui a échappé.

Mais si je montre malgré moi un signe de fatigue ou de découragement, son énergie reprend le dessus, comme pour me faire comprendre qu'il n'y a pas de quoi se mettre dans de tels états.

J'aurais dû comprendre avant, c'est aussi simple que ça : elle n'a jamais voulu être d'accord avec moi.

Je visite des appartements et je voudrais te demander ton avis. Tu comprends, c'est la première fois que je vais vivre avec quelqu'un.

Comment veux-tu que je sache si on y sera bien, alors que je ne sais pas comment tu seras. Comment ça sera, toutes les deux, à quoi ressemblera notre vie.

J'essaye de t'imaginer à quatre pattes dans cette chambre, ou faire tes premiers pas dans ce couloir. Je te vois toujours de dos, et quand tu te retournes, à la place de ta tête il y a un gros point d'interrogation.

Devant mon air hésitant et mon ventre plein à craquer, les agents immobiliers me disent que je devrais vite en parler au papa, et revenir visiter avec lui.

J'ai envie de leur dire que je les emmerde, au lieu de ça je repars en faisant semblant de l'appeler, et je couvre la voix de ma messagerie vocale pour lui demander son avis.

Aujourd'hui, je suis enceinte de huit mois. À partir de maintenant, tu peux arriver n'importe quand.

Chaque jour qui passe est un bonus pour toi, m'a expliqué le médecin : du temps en plus pour te faire encore plus belle.

C'est un bonus aussi pour moi. Un délai supplémentaire pour retenir les sensations, admirer ce ventre qui me quittera bientôt. Le prendre en photo, inlassablement.

Fanny est rentrée d'Irlande et révise ses exams de juin chez nos parents. Les seules poses qu'elle s'octroie répondent au même rituel : elle frappe à ma porte, s'assoit sur le lit près de moi, pose la main sur mon ventre et attend que quelque chose se passe.

Puis elle me demande si elle peut prendre quelques photos, et me mitraille avec l'appareil qu'elle a reçu pour son anniversaire.

Elle a fait toute une série de moi en sous-vêtements. La lumière est orangée, en voyant les photos on dirait que c’est déjà un souvenir. De dos, on ne remarque rien. De profil, on dirait que la photo est truquée. De face, je forme avec mes doigts un cœur un peu niais autour de mon nombril. Allongée, j’oublie de baisser les bras, révélant mon lourd secret : je ne suis pas épilée, comme une mère célibataire qui ne penserait même plus à plaire.

En se pinçant les joues pour ne pas rire, ma sœur me jure qu’elle me rasera sur Photoshop.

J'ai pris rendez-vous chez l'esthéticienne et chez le coiffeur.

Je veux que tu me trouves jolie, que la première image que tu aies de moi soit celle d'une femme qui contrôle la situation.

Manouche, venue passer quelques jours à Rouen, se moque de moi : j'ai prévu une petite trousse de maquillage pour les retouches dans la salle d'accouchement.

C'est elle qui assistera à ta naissance. Je lui en ai fait la demande il y a quelques mois de façon très égoïste, bien consciente de l'ampleur de ce que je lui demandais et de la difficulté qu'elle aurait peut-être à me dire non si elle ne voulait pas.

Elle a dit oui, et je ne l'avais pas vue aussi fière depuis le jour où elle avait battu tout le monde au chamboule-tout (c'était à l'anniversaire de Perrine Guérin en 1991).

Pour être sûre de ne pas te rater, elle a quitté sa Bourgogne et son mari pour quelques semaines et s'est installée chez ses parents à Rouen, emmenant ses deux filles dans ses bras et sous son pull un petit frère à venir.

Depuis, elle ne quitte pas son téléphone et le laisse sur sa table de chevet la nuit, guettant la fois où il sonnera pour lui annoncer que ça y est, elle peut venir me chercher, on doit partir à la maternité.

En attendant, toi et moi on n'a toujours pas de chez-nous.

Je voudrais poser mes cartons dans un appartement vide et mes livres sur une étagère bancale dans le couloir.

Je voudrais un réfrigérateur avec des magnets dessus, et du dentifrice bleu fluo séché dans le lavabo. Je voudrais des problèmes de plomberie et des fenêtres qui isolent mal, je voudrais gueuler auprès du propriétaire et acheter un grand plaid pour m'enrouler dedans le soir quand tu seras couchée. Je voudrais des paquets de coquillettes dans le placard de la cuisine, et des chaussures taille 19 dans celui de l'entrée, je voudrais pouvoir dire « chez nous », et te dire « on est arrivés à la maison » en claquant la porte, avec une voix aiguë qui en fait toujours un peu trop.

Je voudrais que ça sente la peinture que je viendrais d'appliquer, qu'à 19 heures ça sente le dîner de bébé et que tu râles parce que tu as faim, je voudrais notre nom sur une boîte aux lettres et ton prénom en lettres de bois sur la porte de ta chambre.

Je voudrais que le parquet craque, que moi aussi parfois, et qu'un homme soit là pour me consoler et rendre jaloux le parquet.

Je ne rate aucun cours de préparation à l'accouchement. J'écoute attentivement, je fais des fiches et puis des fiches de fiches.

Aujourd'hui, j'y suis allée avec Bertille, venue passer quelques jours à Rouen. Ça se passait bien jusqu'à ce que la sage-femme nous explique comment soulager les contractions avec un gros ballon.

Évidemment, c'est à moi qu'elle a demandé de venir faire la démonstration. Mains et pieds au sol, le ballon coincé sous le ventre, je dois effectuer des mouvements de balancier avec le cul en l'air. Je contiens mon envie de rire quand j'entends une longue plainte aiguë. Ma sœur est en larmes, secouée par un fou rire qu'elle ne peut plus cacher, sous le regard compatissant des couples présents.

Elle finit par sortir de la pièce en demandant pardon, et pour mettre fin au malaise de ceux qui n'ont pas l'air de trouver ça si drôle, je dis en proie à mon tour à un fou rire nerveux :

« Excusez-la elle est émue, c'est notre premier enfant. »

Je poursuis la séance toute seule. On entame les exercices de relaxation à faire en couple.

Je me sens con sur mon tapis en mousse quand je suis censée attraper les mains de mon compagnon. Alors je les tends au vide, et parfois, en circulant entre nous, la sage-femme me les prend pour me montrer ce que ça fait d'avoir quelqu'un sur qui compter.

Je trouve ça un peu triste jusqu'à ce qu'on attaque les questions pratiques.

Je ne suis pas très sûre que j'aurais aimé qu'on explique à mon amoureux le concept du bouchon muqueux.

« Je me suis toujours figuré que le bouchon muqueux avait la forme d'un bouchon de champagne avec une touffe de poils collée dessus. »

Mon père, ce héros.

Je découvre un rapport au temps que je ne connaissais pas.

Je sais que celui de la grossesse est désormais compté, et je m'applique chaque jour à en extraire le maximum de bonheur.

En même temps, j'ai dans quelques jours mon plus beau rendez-vous.

Je suis à la fois profondément ancrée dans le présent et tendue vers un futur qui me fascine d'avance.

Je ne sais pas s'il y a beaucoup d'autres moments dans la vie que la grossesse, où le mieux n'est pas derrière. Il est maintenant, et plus tard.

Ma mère m'a accompagnée ce matin visiter un appart. Il est en plein centre-ville, place de la Pucelle (ça ne s'invente pas), et en ouvrant la porte je sens qu'il va lui plaire. Il est tout ce qu'elle aime : propre et élégant. Les plafonds sont hauts, et par terre il y a du parquet. En entrant, on arrive dans une pièce d'une vingtaine de mètres carrés, avec un minuscule coin cuisine sur la gauche. Sur la droite une porte desservant des toilettes, puis une autre pièce avec cheminée et, au fond, une toute petite salle de douche avec un lavabo.

Il n'y pas plus la place d'ajouter ici une petite baignoire pour toi que dans la cuisine un micro-ondes pour tes purées.

Il n'y a qu'une seule chambre, niveau praticité cet appart est ce qui se fait de pire en matière de monoparentalité.

Mais ma mère a les yeux qui brillent, elle dit que c'est joli et central, et que je pourrai très bien dormir dans le salon.

Alors j'acquiesce, on va ensemble à l'agence signer

le bail, ça a quelque chose d'absurde, ce paraphe en bas des pages pour lui faire plaisir. Je console mes angoisses en me disant qu'en tant que mère célibataire, je n'aurais jamais cru un jour avoir droit aux moulures au plafond.

La nuit qui suit, je rêve que j'ai installé ton lit sur l'étagère de la cuisine, et qu'en allant t'y chercher je découvre une porte dérobée, qui donne sur une salle de jeux avec un micro-ondes géant et une baignoire à bulles.

Le lendemain matin, mon père vient me réveiller : le dossier de demande de logement social que j'ai déposé sans trop y croire il y a des mois a été accepté. Un appartement s'est libéré, on doit aller le visiter le plus vite possible.

C'est trop tard pour nous, mais pour le plaisir de se faire du mal, une demi-heure après on est devant.

En entrant, on se regarde. Et merde, il est parfait. Rue Saint-Vivien, en plein centre aussi, mais avec deux chambres, une salle de bains avec baignoire, une vraie cuisine, et un loyer moins cher que l'autre.

On passe à l'organisme d'HLM pour leur dire que je le prends.

En vingt-quatre heures, je suis passée de pas de logement à deux appartements.

Le temps que je retrouve un repreneur pour le premier, je suis mère célibataire, j'ai une résidence secondaire avec moulures au plafond et je vous emmerde.

Hier, j'ai vu un cousin que je ne vois pas souvent. Il a quatorze ans et la voix qui se cherche.

Alors qu'on parlait de toi et que je lui expliquais que tu n'étais pas tout à fait au programme, il m'a dit qu'il trouvait ça cool.

Que souvent les couples attendaient un enfant, lui préparaient une place dans laquelle il n'avait plus qu'à entrer.

Que ta place n'est pas jalonnée, que tu te la feras en prenant l'espace dont tu as besoin, et que ça te donnera une sacrée liberté.

C'est lui qui a raison.

C'est vrai que c'est cool, après tout.

Il faut absolument que je boucle ma valise de maternité. On m'a donné une liste de choses à y mettre, que je suis scrupuleusement. Il ne me reste plus qu'à trouver le pyjama de naissance.

J'écume les boutiques, avec une préférence pour les plus chères qui finiront de me ruiner. Je passe des heures sur Internet, à la recherche d'un coup de cœur. Mais rien n'est assez beau pour toi, il y a toujours un détail qui ne me plaît pas.

En ville, je marche de plus en plus vite pour le trouver, il faut dire que le temps presse. Les gens que je connais me demandent où je vais de si bon pas, je leur réponds que je te cherche un pyjama. Souvent je les recroise deux heures ou deux jours plus tard, ils me demandent si j'ai trouvé, je leur dis que non, toujours pas.

Ils doivent me prendre pour une folle.

J'ai fini par en acheter un blanc, basique, et je me

suis rendue dans une mercerie à l'ancienne en leur demandant d'y broder « Ma toute douce ».

Je suis allée le chercher trois jours après. Pour faciliter son travail, la dame a enfilé ton pyjama sur un support carré.

Il est désormais difforme et ne t'ira jamais, sauf si tu mesures 50 centimètres sur 70.

Pour éviter de me retrouver avec soixante-douze peluches lapins et pas de quoi t'habiller, on m'a conseillé d'ouvrir une liste de naissance.

Je me demande de quoi une mère célibataire a besoin.

Je meurs d'envie d'y inscrire :

- Un godemiché quatre vitesses
- Du Lexomil
- Un abonnement pour un site de rencontres
- Un bon pour dix séances de psy
- Des boules Quies
- Un pack de bière
- De la drogue
- Une corde

Top 4 des cadeaux de naissance qu'il est très malvenu d'offrir à une mère qui a failli se faire avorter :

- Des aiguilles à tricoter
- Un cintre
- Un aspirateur
- Un congélateur

Hier, ma nièce a pris son air de quand elle va dire quelque chose de très sérieux, et donc de forcément très drôle et cruel.

Ça n'a pas raté, quand elle a ouvert sa minuscule bouche, c'était pour dire, sourcils en circonflexe, en désignant mon ventre : « Mais donc en fait, tu l'as jamais vu son papa ? »

Je lui ai répondu que non, on s'était juste envoyé un texto ou deux il y a huit mois et trois semaines.

J'ai acheté pour la maternité, comme on me l'a demandé, des serviettes hygiéniques XXXL et des culottes jetables. En les regardant, je confirme, le mieux est de les jeter après.

Je me demande comment font celles dont le couple résiste à l'épreuve de la culotte filet.

Elles ont dû en trouver de beaucoup plus jolies que moi, je ne vois que ça.

Tout est prêt, même ton prénom.

J'ai remarqué que les mères célibataires avaient souvent des prénoms américains.

Les enfants de mères célibataires aussi.

Il semblerait qu'on ait affaire à une malédiction qui se transmette par le prénom de génération en génération.

Et après on s'étonne qu'elles finissent prothésistes ongulaires ou danseuses de pole-dance.

Cherchant à mettre fin à ce cycle infernal, après des nuits d'insomnie, je tiens enfin le bon. Je ne le dis pas. Pas encore. Si quelqu'un doit le savoir en premier, je voudrais que ce soit ton papa.

Alors que cette idée m'obsède en m'endormant, et parce que la nuit tout semble permis, je prends mon téléphone et je lui envoie un mail pour lui demander ce qu'il en pense.

À peine envoyé, la peur reprend ses droits, et je voudrais rattraper ce message quelque part au-dessus de l'océan, le stopper en vol avec une épuisette pour le ramener jusqu'à moi.

Au réveil j'ai la gueule de bois, pas de réponse, et le moral dans les bas de contention.

Et le pire dans tout ça c'est que je ne peux même pas lui faire croire que j'étais bourrée.

Il m'a répondu le lendemain. Me dit qu'il a dû rentrer précipitamment, en raison d'un décès. Quelqu'un de sa famille, dont l'enterrement est dans quelques jours.

Dit que si ça se trouve, je suis à la clinique et il est déjà trop tard. Mais au cas où il serait encore temps, il aimerait que ce ne soit pas ce prénom-là. C'est à moi de décider, bien sûr, et si j'y tiens il comprendra. Mais si je suis d'accord il aimerait qu'on en choisisse un autre. On.

Alors j'ai dit oui, trouvons quelque chose d'autre. Trouvons.

Pendant quelques heures il y a eu des « Sixtine » et des « Mahault » qui se sont promenées dans le ciel, des « Swann » et des « Louison » entre la Normandie et Paris, des « Erin » qui ont croisé des « Jeanne », des « Maé » et des « Jade » suivies de points d'interrogation.

Puis il y a eu le tien. Répété à voix haute dans le silence de nos chambres. Léger comme un surnom, doux, original. Il avait le même air que celui que je voulais donner à notre vie, peu importe qu'elle soit à deux, deux et demi ou trois.

Tu nous as mis d'accord.

C'est important que tu saches qu'il y a un peu de nous deux, dans ce joli prénom-là.

Quand j'entre dans le bus, le chauffeur me demande en souriant si je peux serrer les jambes jusqu'à l'arrivée. L'esthéticienne travaille vite, de peur de devoir s'improviser sage-femme, et m'oublie une jambe, ou un sourcil. Si je ralentis dans la rue, les gens me lancent des regards inquiets, et quand je porte les mains à mon ventre on me dit : « Ça y est ? »

Tout mon corps hurle que ton arrivée est imminente.

J'aime marcher dans la rue seule, pour être au contact de ceux qui ne connaissent pas « la situation ». Ignorant que je suis célibataire, ils me traitent normalement. Enfin, « normalement », je veux dire qu'ils agissent avec moi comme avec les autres femmes enceintes sur le point d'accoucher. Avec des regards plein d'admiration, des sourires bienveillants et encourageants, des superlatifs à toutes les phrases et des trémolos dans la voix, donc.

Avec eux j'ai le sentiment que je suis en train d'accomplir quelque chose de fou, de rare et d'exceptionnel, dans leurs yeux j'ai l'impression d'être la première à qui « ça » arrive, si bien que je me demande parfois s'ils se souviennent qu'eux aussi sortent du vagin de leur mère.

Le charme se rompt brusquement s'ils ajoutent : « Le papa doit avoir hâte. » Je continue à sourire en serrant un peu les dents, sans leur répondre qu'à l'heure qu'il est, le papa est plus certainement en train de monter une jolie stagiaire qu'une table à langer.

3 juin. Tu es prévue pour demain. Il y avait toutes les chances que tu arrives avant, pourtant il semblerait que tu ne sois pas pressée. Comme si tu voulais être là jusqu'au bout, pour rattraper les semaines qu'on a perdues à ne pas s'aimer assez.

Je n'ai toujours aucun signe avant-coureur, j'ai fini par me faire à l'idée que tu m'offriras un peu de rab. Peut-être jusqu'au 6, ou au 7. Mais la soirée a une ambiance de veille de grand jour. Quelque chose dans l'air me souffle qu'il y aura un avant, et un après. Alors je plane. Il fait beau, on dîne dans le jardin. Je me lève, Fanny me suit partout, avec son appareil. Elle me demande de prendre la même pose que sur la photo de moi qui trône dans le salon : j'ai cinq ans, et sur la plage, pieds écartés, je me baisse pour faire coucou entre mes jambes à l'objectif de mon père. En nous regardant, ma mère rit. Mon père aussi. Ils sont assis tous les deux, plus proches que jamais, liés par un fil invisible. Eux aussi sentent que quelque chose va se passer. On a le cœur au bord des yeux, tous, et on fait semblant de ne pas voir celui des autres.

Quand je leur dis bonsoir cette nuit-là, les baisers sont un peu plus appuyés. Ma mère m'entoure de ses bras, pose la tête sur mon épaule.

Alors que je vérifie pour la soixante-douzième fois mon sac de maternité dans ma chambre, une douleur me jette à genoux. Le souffle coupé, je serre les dents et je ferme les yeux. J'attends qu'elle passe. Puis qu'elle revienne. C'est finalement dans la douche que mes entrailles se tordent à nouveau. Couper l'eau. Sortir. Avancer le bras vers une serviette. M'essuyer. J'accomplis tous ces gestes sur un fil, d'avance tendue vers cette nouvelle vague de douleur, que j'espère autant que je redoute. À peine le temps de m'habituer à elle qu'elle gagne en intensité, chaque fois, me rapprochant un peu plus de toi.

Allongée sur mon lit trop grand, livide, transie d'angoisse, je note sur un carnet l'heure précise des contractions.

Elles s'amplifient et se rapprochent : toutes les huit minutes maintenant, mon ventre se durcit sous l'action d'une main invisible qui l'agrippe et le tord, précise et méthodique.

Il est un peu plus de 2 heures, j'appelle Manouche. Sa voix ensommeillée me répond.

— Manouche, c'est moi, tu dormais ?

— Non non, pas du tout ! Ça y est ?

— Ça y est.
— J'arrive.
— OK, je t'attends. À toute.
— Camille, attends.
— Oui ?
— Ça va aller. Dans une heure, une journée, dans un an et un siècle, ça va aller. J'en suis sûre.

Je suis descendue sans un bruit et j'ai ouvert la porte, je l'ai refermée tout doucement, puis je suis allée attendre ta marraine au bout de l'allée, en faisant les cent pas pour accélérer le travail. Une voiture est passée, ses passagers, sans doute de retour de soirée, ont ouvert la fenêtre, quand ils sont arrivés à mon niveau et que ma silhouette s'est précisée ils ont dit « Ah ouais quand même ! » et on s'est souri.

Quelques minutes après, des appels de phares et ta marraine au volant, les yeux ensommeillés, rayonnante, confiante et heureuse pour deux, pour trois, pour dix. Je suis montée à côté d'elle, on a parcouru vingt mètres, tourné à droite, puis avant de prendre la rue à gauche on s'est regardées, sans rien se dire, et on a hoché la tête en souriant, ensemble. Elle a ralenti, s'est garée, a coupé le moteur, m'a aidée à descendre, on a fait quelques pas jusqu'à l'arbre tordu, planqué dans un renfoncement, où on avait fumé ensemble notre première cigarette, puis des centaines d'autres. Elle a sorti une cigarette de son paquet, j'ai dû m'adosser contre le tronc quand la main s'est mise à serrer à nouveau. Elle l'a allumée, dans le silence de la nuit on n'entendait que ce grésillement léger, elle me l'a tendue et j'ai aspiré lentement, pour le symbole, pour les ados qu'on était, pour la page qui se tournait.

Puis on est remontées dans la voiture, je l'ai suppliée d'accélérer, mais pas sur les dos-d'âne putain, au feu elle a baissé mon siège et m'a posé la main sur le genou en me disant : « C'est que le début, cocotte. »

Je lui ai dit : « Je te hais » puis j'ai souri, mais pas longtemps parce que la grande main est revenue.

On est arrivées à la maternité, on m'a allongée pour m'examiner et j'ai entendu : « On vous garde. C'est pour dans quelques heures. »

Alors j'ai pleuré, parce que Manouche pleurait, et je lui ai dit d'arrêter parce que ça me faisait pleurer, elle m'a dit toi en premier, j'ai dit non toi, elle a dit pourquoi moi, toujours moi, j'ai dit parce que je suis mère célibataire et que j'ai tous les droits.

Au petit matin elle est repartie s'occuper de ses deux enfants qui venaient de se réveiller, j'ai compté les minutes avant qu'elle revienne parce que j'avais peur, froid, et mal, et rien pour m'essuyer le nez.

Une sage-femme est arrivée et j'ai caché mes larmes pour lui faire croire que j'étais une future mère forte et courageuse, mais quand elle s'est approchée de moi en me disant qu'elle avait vu mon dossier, qu'elle savait que j'étais seule et qu'elle trouvait ça très courageux c'est ressorti tout seul et j'ai dit : « Mais courageux de quoi, puisque je suis morte de trouille. »

Alors elle a souri, mais qu'est-ce qu'ils ont tous ces gens à sourire tout le temps, elle m'a examinée encore et elle a dit : « On va en salle d'accouchement. Maintenant. »

Elle m'a demandé si je voulais une péridurale, j'ai ri ou pleuré en lui demandant si j'avais une tête à ne pas vouloir de péridurale, elle a répondu que l'anesthésiste arriverait à midi.

J'ai dit : « Midi, ce midi dans trois heures ? » et j'ai pensé que ça allait être long. Très long. Et que je le tuerais s'il avait une minute de retard.

Je suis pour la paix dans le monde. Je trouve que les bébés c'est trop cool, et qu'on s'en fout s'il n'y a pas de papa. J'adore cette couleur « coquille d'œuf » de la salle d'accouchement, on dirait une plage de sable fin, et puis ton cœur qui bat c'est comme le bruit des vagues. J'ai envie de devenir végétarienne, de croire en Dieu et de commencer le yoga.

Je suis la fille de Bob Marley.
J'ai eu la péridurale.
Je suis complètement défoncée.

Manouche était revenue juste avant qu'on me la pose, j'avais eu le temps de l'insulter un peu pendant les dernières contractions douloureuses, mais comme elle n'est pas rancunière elle avait attendu que j'aille mieux pour repartir s'occuper de ses enfants.

Plusieurs fois j'entends ton cœur qui bat, puis qui ne bat plus. La sage-femme entre, replace l'électrode sur mon ventre pour retrouver ton cœur, laisse la pièce se remplir à nouveau du son de ta vie, puis repart.

Cette fois elle entre, replace l'électrode sur mon ventre pour retrouver ton cœur, laisse la pièce se remplir d'un silence de mort, et ressort très vite en appelant plein de gens.

La salle se remplit d'un coup, je n'ai jamais montré mon vagin à autant de monde en même temps. Une femme le regarde de plus près et dit : « Je vois sa tête. » Je réponds spontanément : « La tête de qui ? », et cette question me fera rire jusqu'à mon dernier souffle au moins.

Puis je lui explique que Manouche est en train de s'occuper de ses enfants, et que je ne peux pas lui faire ce bébé dans le dos. Alors elle me dit que tu vas bien mais qu'il faut que tu sortes rapidement. Elle me demande d'appeler Manouche, très vite, et de lui dire de venir, encore plus vite.

De là où je suis, j'ai vue sur mon ventre surmonté de têtes un peu partout, qui regardent la porte avec impatience.

La porte s'ouvre, et Manouche est là.

Ils disent : « Maintenant, vous poussez. »

Je pousse.

C'est comme dans un film, en plus beau.

Les sons me parviennent étouffés, je vois trouble.

Tout ça se passe en quelques minutes. Ce n'est pas beaucoup pour bouleverser une vie.

Deux poussées après j'entends : « Regardez sa tête, vous pouvez la sortir toute seule si vous voulez. »

Je te touche pour la première fois, la première fois d'une série d'un milliard d'autres fois, et je pense à ça à ce moment précis, alors forcément j'ai les mains qui tremblent et l'océan Atlantique sur ma blouse en papier.

Je pousse une dernière fois en accompagnant ta tête avec mes bras, le reste de ton corps suit, doucement, Manouche me dira plus tard que tu es sortie comme une fleur sort de terre, c'était le printemps dans la salle d'accouchement.

Elle pleure avec les deux mains devant sa bouche et ses épaules qui se soulèvent, la sage-femme dépose sur mon ventre ton petit corps et sur ton dos une petite larme.

Je ne sais plus ce que je te dis mais je te jure que tu lèves la tête, tu cherches à voir de quelle bouche viennent ces mots, de quel visage vient cette voix, avec tes minuscules bras tu essayes d'avancer, de remonter jusqu'à moi, tu peines à ouvrir tes yeux pour rencontrer mon regard, et quand tu y parviens, soulagée, épuisée, tu poses ta bouche sur mon sein et on ne fait à nouveau plus qu'un.

Après les premiers soins, Manouche nous laisse toutes les deux. Elle prévient tout le monde, fière, comme un paon. Un papa paon.

On se retrouve toi et moi, j'en profite pour compter tes doigts. Tu en as dix. Ni plus ni moins.

Ta tête repose sur mon sein, lourde, de profil. Alors évidemment je ne vois qu'elle, cette bouche en cœur, lèvre supérieure légèrement relevée et en avant, plus charnue. La réplique exacte de celle de ton père en version miniature.

On sort de la salle d'accouchement et, côte à côte sur nos lits à roulettes, on nous fait entrer dans l'ascenseur. C'est donc qu'il est possible d'aller encore plus haut.

On pose ton landau transparent près de mon lit, et on m'aide à me glisser dans le mien.

Je n'arrive pas à détourner les yeux de ton visage. Comme si ta vie en dépendait, dépendait encore d'un lien de toi à moi, même invisible, d'un regard.

Manouche vient m'embrasser, me prévient que je vais bientôt avoir une visite, dépose un baiser sur tes cheveux, je la regarde s'éloigner et fermer la porte.

Alors je te regarde à nouveau et en observant ton ventre qui s'emplit et se vide doucement, je pense à ma mère et à son bébé dont le pyjama ne s'est jamais soulevé. Je comprends qu'elle a vécu l'innommable et que je perdrais pied dans la seconde si ton pyjama arrêtait de se soulever. Alors je ne lui en veux plus, puisqu'elle a fait ce qu'elle a pu. On dirait que c'est ça, couper le cordon. En quelques minutes, j'ai coupé celui qui me reliait à ma mère et celui qui me reliait à ma fille, je me sens tout d'un coup libre, et en déséquilibre, et comme les murs commencent à tourner et que je n'ai pas dormi depuis plus de trente heures, mes yeux décident de se fermer et je sombre dans un sommeil de plomb.

Des sons sourds me parviennent. Des images pâles quand j'ouvre un œil. J'aperçois des blouses entrer, sortir, aériennes, irréelles. Un ballet d'ombres furtives dont je sens la présence avant de la vérifier, sans que je sois capable du moindre effort pour me manifester.

Puis une présence plus lourde, plus longue, plus proche. J'ouvre les yeux doucement pour vérifier que tu es là. Penchée au-dessus de toi, au bout du landau, une ombre plus sombre que les autres passe la main sur tes cheveux.

Quelques instants après je vois l'ombre s'éloigner. Je bouge. Je bouge pour qu'elle identifie ma présence, je bouge pour la retenir, pour qu'elle sache que je suis réveillée, pour te raconter plus tard qu'on était tous les trois, pour que l'ombre revienne et me prenne dans ses bras. L'ombre hésite, mais ne se retourne pas. Elle sort rapidement dans ses vêtements noirs. Des habits d'enterrement.

Le bruit que fait la porte en claquant te sort de ton sommeil. Tu bouges la tête en grimaçant, sans un bruit. Puis le cri sort. Comme un miaulement. Une longue plainte. Je te soulève tout doucement pour te poser sur moi. Tu cries sans larmes, je pleure sans cris, à nous deux on sanglote en entier.

En te consolant tout bas, je regarde le fauteuil sur ma droite. Il est vide, et porte l'empreinte des papas qui se sont assis là.

Tu têtes les yeux fermés, et je ne lui en veux pas.

Merci

À Claire Germouty, directrice d'ouvrage, pour son accompagnement professionnel mais pas que, depuis le premier jour de la première lettre.

À Philippe Robinet, nounou rêvée pour un premier bébé littéraire.

À toute l'équipe d'Auféminin, en particulier Hélène Mengus et Marie-Laure Sauty de Chalon.

À Claire Sassonia, pour son texto de novembre, et son mail de juillet.

À Sylvie Overnoy et Camille Saféris pour leur confiance inconditionnelle.

À Jean-Louis Fournier, pour sa présence systématique et précieuse sur ma table de chevet.

Aux lecteurs de mon blog, petits boosters invisibles et quotidiens.

À Caroline Michel, Virginie-Ginie, et Marie Perarnau, amies virtuelles et plus encore.

À Geff, Charlotte et Élo, Clément, Charly, Valérie, Angèle et Solène, Sophie, Lucie et Aurélien.

À Amel, François, Véro, Salomé, Fantine, Cécile et Patricia Delahaie.

À Cédric, ma bonne étoile.

À Catherine et Patrick pour leur bouquet, leurs sourires entre les feuilles et tout le reste.

À Gaëlle, pour ses culottes en filet jetables et son empressement à me lire.

À Ben, Bulle et Channy, mes piliers.

À Daddy et Doudou, pour leur amour.

À Seb, Lou, Rohan et Jana.

À Margaux.

Composition et mise en pages
Nord Compo à Villeneuve-d'Ascq

Imprimé en Espagne par
Liberdúplex
à Barcelone
en janvier 2015

POCKET – 12, avenue d'Italie – 75627 Paris cedex 13

Dépôt légal : février 2015
S25083/01